Friedrich Steinebach

Die Jungfrau von Orleans

Friedrich Steinebach

Die Jungfrau von Orleans

ISBN/EAN: 9783743385702

Hergestellt in Europa, USA, Kanada, Australien, Japan

Cover: Foto ©Andreas Hilbeck / pixelio.de

Manufactured and distributed by brebook publishing software (www.brebook.com)

Friedrich Steinebach

Die Jungfrau von Orleans

Volksbücher aus alter und neuer Zeit.

Die Jungfrau von Orleans.

Nach älteren Quellen zusammengestellt
von
Friedrich Steinebach.

Mit 6 ganz neuen Illustrationen.

Wien 1864.
Verlag von Albert A. Wenedikt, Lobkowitzplatz.

Druck von Alexander Eurich in Wien.

Die Weltgeschichte schließt Ereignisse in sich, deren geheime Triebfedern das geistige Auge der Menschen zu erkennen nicht im Stande ist. Daher betrachtet dieselben der Fanatiker im blinden Glauben für Wunder, während die ruhige Ueberlegung dasjenige für ein wunderbares Ereigniß erklärt, was der Zweifler ein Märchen, eine Lüge zu nennen beliebt. Doch mag dem sein wie immer, die Thatsachen können nicht geleugnet werden, so wenig als ihre tief eingreifende Wirkung auf die Schicksale ganzer Völker; und eben das, was ein Schleier dem Menschenauge halb verbirgt, halb ahnen läßt, übt auf Jedermann den höchsten Reiz, weil seinen Ideen und Meinungen, seinem Nachdenken darin ein weites Feld geöffnet bleibt. Die erste Stelle unter diesen geschichtlichen, von einem fast überirdischen Scheine verklärten Personen — welche jedenfalls ein schlichtes Werkzeug in der Hand der Allmacht genannt werden muß — ist Johanna d'Arc, ob ihrer an's Wunderbare streifenden Thaten die Jungfrau von Orleans genannt.

Ohne vorweg ein Urtheil zu fällen, lassen wir die Thaten selbst sprechen, wie sie in den ältesten, als unverfälscht erkannten fränkischen Urkunden oft in naivem, treuherzigem Tone aufgezeichnet wurden. In alten Zeiten war es weit mehr der Haß, als die Liebe, worin benachbarte Staaten das Bollwerk ihrer Erhaltung, die Stütze ihrer Nationalität erblickten. Je näher der Nachbar, um so gespannter der Argwohn. So erblickt man auch, so weit die Geschichte hinab reicht, England und Frankreich im Zustande natürlicher Feindschaft, beiderseits immer bereit, sich gegenseitig zu befehden und zu schaden. Man traute sich niemals, man bewachte sich mit scheelen, eifersüchtigen Augen. Trotz der von früh auf so stark ausgeprägten Antipathie beider Völker, geriethen sie aber sehr bald zu einander in ein wunderliches Lehen-Verhältniß, das, durch sonderbare Umstände entstanden und in den daraus entspringenden Rechten und Verbindlichkeiten von vornherein unsicher und unbestimmt, bald hier, bald dort in den Machthabern ungehörige Ansprüche hervorrief. Dies Lehen-Verhältniß, aus welchem sich in unendlicher Folge Krieg und Hader entspann, müssen wir in seinem Ursprung näher betrachten, denn die nahe bevorstehende Unterjochung Frankreichs durch England, die nur durch die Erscheinung der Jungfrau von Orleans abgewendet ward, ging mittelbar daraus hervor. Karls des Großen Enkel saßen, sich mühsam gegen ihre mächtigen Vasallen aufrecht erhaltend, auf dem Thron von Frankreich; da kamen aus dem kalten Norden, der uralten Heimat tapferer Männer, die Normanen und machten ihren Namen bald auf dem Meer, sowie in allen Ländern gefürchtet. Rollo, einer ihrer spätern Anführer, fiel in Frankreich ein und zwang den damaligen König, Karl den Einfältigen, ihm die Nordküste seines Reichs als ein förmliches Lehen zu übergeben. Seit dieser Zeit zählte Frankreich unter seinen Vasallen auch einen Herzog der Normandie. Anderthalb Jahrhunderte später, als in England König

Eduard der Bekenner mit Tode abging, behauptete Herzog Wilhelm von der Normandie, er sei, dem letzten Willen des Königs gemäß, rechtmäßiger Erbe der Krone. Frankreichs erste Ritter, seinen glänzenden Hof als die Schule der Helden und zugleich der Minnesänger über Alles hoch haltend, schlossen sich ihm, so wie es galt, sein Recht mit bewaffneter Hand zu verfolgen, gern und freudig an, und bei Hastings kam es zwischen ihm und dem Dänen Harald, der als Bewerber auftrat, zur blutigen Schlacht, in der er, nach dem hartnäckigsten Widerstand seines mannhaften Gegners den Sieg davontrug. Nun war Wilhelm anerkannter König von England, blieb aber immer als Herzog der Normandie ein Unterthan des Königs von Frankreich, der, trotz der Krone, die er auf seinem Haupte trug, vor der Majestät desselben wenigstens einmal im Leben das Knie beugen mußte. Dies war schon an und für sich eine unselige Stellung; sie wurde dadurch noch unnatürlicher, daß die englischen Könige nach und nach in Frankreich immer mehr Besitzungen erwarben, so daß sie zuletzt, ganz von England abgesehen, durch die Macht, die sie allein in Frankreich besaßen, ihrem ursprünglichen Oberherrn hinreichend Trotz zu bieten vermochten. Eine Heirat zwischen Eduard dem Zweiten und der Tochter König Philipps von Frankreich, Isabella, durch die man einen ewigen Frieden zu gründen gehofft hatte, schürte den Brand nur noch mehr, denn als Karl der Schöne bald darauf, der letzte seines Hauses, ohne männliche Nachkommenschaft starb und die Krone nach dem salischen, die Weiber ausschließenden Gesetz auf Philipp, den Grafen von Valois, überging, trat Isabella's Sohn, König Eduard der Dritte von England, auf und nahm den erledigten Thron für sich in Anspruch. Philipp von Valois ward jedoch gekrönt, und Eduard III., bei Verlust seiner französischen Besitzungen, dazu aufgefordert, leistete ihm, trotz seines Stolzes und seiner heimlichen Pläne, die Huldigung. Aber acht Jahre später erhob sich Eduard zum Krieg, rückte mit 100.000 Mann in Frankreich ein, und verwüstete das Land, sah sich aber zuletzt durch Mangel und Noth gezwungen, zu Bretigny einen gemäßigteren Vergleich auf gegenseitige Entsagung und Abtretung, die indeß von keiner Partei bestätigt wurden, basirt, einzugehen. Die unheilvollen Folgen dieses Haders sollten sich aber erst mit allen Greueln zeigen, als Karl VI., König von Frankreich, bei seiner Mündigkeit durch seine Geistesschwäche, die sich bisweilen bis zum Wahnsinn steigerte, den Parteiungen Anlaß gab, sich zu befehden.

Der Herzog von Burgund, als sein Onkel, und der Herzog von Orleans, als sein Bruder, stritten sich um die Herrschaft und den Vorrang, da man Karl VI. zur Regentschaft für untauglich hielt, und dieser Streit steigerte sich so weit, daß der Erstere zuletzt den Herzog von Orleans an einem Abende in den Straßen von Paris durch Meuchelmörder aus dem Wege räumen ließ.

Nun war die Losung zum Aeußersten gegeben; Partei erhob sich gegen Partei, Stand gegen Stand, alle Elemente des Reichs gährten und tobten durcheinander, und wenn der arme, kranke König in den ihm spärlich zugemessenen lichten Augenblicken in diese Greuel hineinschaute, so war es kein Wunder, daß er sogleich in seinen verworrenen Zustand zurücksank.

Bisher waren die Engländer durch innere Unruhen an ihren eigenen Boden gefesselt gewesen; als aber der herrliche König Heinrich V., der mit starker und geschickter Hand die getrennten Fäden der Macht in einen einzigen zu verspinnen wußte, zur Regierung gelangte, nahm er den Moment, wo in Frankreich die Anarchie den höchsten Grad erreicht hatte, wahr, um Englands nie aufgegebene Ansprüche durchzusetzen. Er war Anfangs nicht eben glücklich, und bei Azincourt trat ihm ein französisches Heer, dem seinigen dreimal überlegen, entgegen. Leider aber hielten sich die Franzosen, von dem Gedanken an ihre Zahl berauscht, für geborene Sieger, und Heinrich gewann den Tag, der dadurch ein sehr blutiger wurde, daß er alle Gefangenen, die edelsten und vornehmsten nicht ausgenommen, niederhauen ließ.

Der Herzog von Orleans mußte Heinrich nach England folgen; trotz der ungeheueren Gefahr jedoch, der ein so großes Unglück das ganze Frankreich aussetzte, vereinigten sich die im Widerstand mit einander begriffenen Parteien nicht, um den Nationalfeind gemeinschaftlich zu bekämpfen, vielmehr setzten sie die innere Befehdung fort, ohne Rücksicht auf die bedrohliche Lage des Königreichs zu nehmen.

An die Stelle des Herzogs von Orleans trat als Oberhaupt der diesem ergebenen Anhänger der Graf von Armagnac, und da König Heinrich, an Geld und Mannschaft erschöpft, einstweilen wieder heimzog, so übte Jener, als Connetable und Oberaufseher von Frankreich, besonders gegen den Herzog von Burgund und seine Getreuen tyrannische Gewalt, wodurch er ihn veranlaßte, Heinrich als König von Frankreich anzuerkennen und ein geheimes Bündniß mit ihm abzuschließen. Von noch schlimmeren Folgen war Armagnacs Verfahren gegen die regierende Königin Isabella, die Gemahlin des wahnsinnigen Karl VI. Eine Tochter Herzogs Stephan II. von Oberbaiern, war sie in früher Jugend, bewundert wegen ihrer außerordentlichen Schönheit, nach Frankreich gekommen; einem Verrückten vermählt und von jeder Versuchung umgeben, hatte sie der Lust und Leidenschaft nicht lange Widerstand geleistet und so wenig ihre königliche, als ihre mütterliche und weibliche Würde zu bewahren gewußt; sie erregte allerdings allgemeinen Anstoß, aber in jener Zeit des Verderbens war schwerlich eine reine Hand zu finden, der es gebührte, den Stein wider sie aufzuheben. Armagnac beraubte sie mit Zustimmung ihres eigenen Sohnes, des schwachen jungen Mannes, der später als Karl VII. ein Wunder erleben sollte, das er so wenig verdiente, ihrer Güter, und setzte sie in gefängliche Haft. Nach Rache dürstend, in ihrem heiligsten Gefühl durch die Frucht ihres Leibes verletzt, warf sie sich dem bisher von ihr gehaßten und bekämpften Johann von Burgund in die Arme, der sie aus Tours entführte und durch ein Parlament zu Troyes in ihrer Eigenschaft als Regentin, wozu sie schon früher durch den König ernannt war, unwiderruflich bestätigen ließ.

Bald bemächtigte sich Burgund auch der Hauptstadt Paris und feierte seinen Einzug durch ein unerhörtes Blutbad, in welchem der Connetable von Armagnac den Tod fand; das Volk erbrach die Staatsgefängnisse und ermordete an einem einzigen Tage fünfzehnhundert Gefangene; der Henker wurde eine so wichtige Person, daß, als es ihm einmal beliebte, dem Herzog von Burgund öffentlich seine blutbespritzte Hand zu reichen, dieser sie nicht zurückwies.

Auch die Pest stellte sich ein, und trieb, in wenigen Tagen fünfzehntausend Menschen dahinraffend, das Elend auf den höchsten Grad; mitten in dem allgemeinen Jammer hielt Isabella, auf einem kostbaren Wagen sitzend und von zwölfhundert Leibwächtern umgeben, ihren Triumphzug und ließ Siegeslieder von erkauften Kehlen absingen.

Heinrich von England ließ diese Zeit der Auflösung aller Ordnung und alles Rechtes nicht ungenützt vorübergehen. Er drang durch die Normandie auf's Neue in Frankreich ein, und schritt, da sich ihm statt eines Heeres blos ein päpstlicher Legat entgegenstellte, ungehindert vorwärts.

Philipp von Burgund, zubenannt der Gute, verband sich auf's Engste mit dem König Heinrich von England. Karl VI. wurde in dem zwischen Beiden zu Troyes abgeschlossenen Vertrag aller seiner Rechte verlustig und Heinrich zum Nachfolger Karls VI. erklärt, Isabella war die ärgste Verfolgerin ihres Sohnes.

Bald prangte Heinrich mit Katharina, der liebreizenden Tochter Karls VI. vermählt, zu Paris, während der Dauphin sich nur noch in einigen wenigen Provinzen kümmerlich aufrecht erhielt; es war ihm jedoch nicht vergönnt, die Eroberung Frankreichs zu vollenden, denn er starb plötzlich mitten in seiner Manneskraft. Sehr schnell folgte ihm sein unglücklicher Schwiegervater in die Gruft.

Nun wurde der noch in der Wiege liegende Heinrich VI. in der Kirche von St. Denis als König von England und Frankreich ausgerufen; der Dauphin erhob dagegen als Karl VII. das Banner des Reiches.

Der Herzog von Bedford, während Heinrichs VI. Unmündigkeit zum Regenten ernannt, bot Alles auf, das Kind rasch zum unbeschränkten Herrn von Frankreich zu machen, und vermählte sich, um den Herzog von Burgund für immer an sich zu ketten, mit dessen Schwester.

Karls VII. Partei, so klein sie war, stritt muthig und tapfer, aber die Uebermacht der Engländer war zu groß, als daß der Sieg und der endliche Ausgang irgend hätte zweifelhaft sein können, auch war der junge König leider nichts, als der Spielball seiner Umgebungen; er folgte Allen und Jedem, und wurde zuletzt von seinen Anhängern auch wirklich nur noch als eine willenlose Fahne betrachtet, die man im Winde flattern läßt und die immer bedeutet, was sie eben bedeuten soll. Die mächtige Stadt Orleans, die Pforte zum Süden des Landes, war der Punkt, mit dem Frankreich stand oder fiel; die Getreuen Karls VII. boten ihre höchsten Kräfte auf, sie dem König zu erhalten, die Engländer bemühten sich auf's Aeußerste, sie ihm zu entreißen: der Moment war da, wo die Macht der Feinde sich brechen, oder wo das alte herrliche Reich zur Provinz Englands herabsinken mußte.

In diesem verzweifelten Augenblicke des hereinbrechenden Unglückes sandte der Himmel den Franzosen eine rettende Macht in Gestalt eines schwachen Mädchens, das still und unbekannt bisher geblieben war.

Zwischen den Provinzen Bar und Lothringen liegt eine fruchtbare Gegend von unbeträchtlicher Ausdehnung, die zu den Erbgütern der Krone gehörte und deren Einwohner obgleich sie von lauter Rebellen und feindlich Gesinnten umgeben waren, derselben stets auf's Treueste anhingen. In der Mitte dieses Landstriches liegt das Dörfchen Domremy, und in diesem wohnte ein fleißiger, gottesfürchtiger Bauersmann, Jakob von Arc mit Namen, sammt seiner frommen Ehefrau. Beide führten miteinander ein stilles, thätiges Leben; sie rangen der Erde mit Mühe das Wenige ab, dessen sie für sich und ihre nach und nach erzeugten fünf Kinder bedurften.

Von solchen Eltern, die äußerlich arm und innerlich reich in dem ihnen angewiesenen engen Kreis beharrten und in der Arbeit zugleich ihren einfachen Zweck erblickten, konnte ein so kindlich-geheimnißvolles Wesen, wie die Jungfrau Johanna, die in rührender Naivetät das Wunderbare und Außerordentliche, welches ihr aus den Tiefen ihres Innern entgegenblitzte, so betrachtete, als ob es sich von selbst verstände, abstammen. Liebe zu König und Vaterland athmete sie mit der Luft ein; so heilige Gefühle mußten sich in ihrem glühenden, treuen Gemüth zum Enthusiasmus steigern, sobald sie mit ihrer entfernten Umgebung, sowie mit dem Lauf des Schicksals in Konflikt geriethen. Die Natur, die sie umgab, in der sie sich als Kind entwickelte, mit der sie als Mädchen in ein näheres Verhältniß trat, war ganz geeignet, Alles, was an dunklen Kräften in Herz und Geist bei ihr schlummerte, zeitig zu erwecken.

Von der Hütte ihres Vaters aus, die zu ihrem Gedächtniß noch bis auf unsere Tage erhalten ist, sah sie den mächtigen, schauervollen Eichenhain, eine uralte Waldung, die von Bergeshöhen wie ein finsteres Geisterrevier herabnickte. Nicht weit davon entfernt, erhob sich ein seltsamer Baum, dessen Alter Niemand wußte, und an den sich Sagen und Märchen mancherlei Art knüpften. Bogenförmig wölbten sich seine gewaltigen Aeste, sein Schatten war kühl und dicht, und eine Quelle, die in seiner Nähe sprudelte, war heilbringend gegen das Fieber und andere Gebrechen. Im Frühling feierte die Jugend unter ihm das schönste aller Feste, das Maifest, man tanzte, aß und trank in seiner Umdachung, man schmückte ihn selbst mit Blumen und Laubgewinden. Zu jeder Zeit pilgerten zu ihm, der Quelle wegen, die Kranken und Siechen. Aber für die Nacht gehörte dieser Ort der Heiterkeit und des Segens den Feen und Gespenstern, und kein Sterblicher wagte sich heran.

Johanna Arc wurde im Jahre 1410 oder 1411 geboren, man weiß es nicht genau. Ihre Erziehung war den Verhältnissen ihrer Eltern angemessen. Sie brachte es im Nähen und Spinnen und anderen häuslichen Geschicklichkeiten zu großer Vollkommenheit. Lesen lernte sie nicht, auch nicht schreiben; sie stand ihren Eltern in Besorgung der Arbeiten, welche die Jahreszeit mit sich brachte, demüthig und redlich bei, ein großer Ruhm für eine so reiche, tiefe Natur, und zugleich das beste Zeugniß für die Wahrhaftigkeit ihrer Sendung. Bald half sie beim Ackerbau, bald hütete sie die Heerde, andächtige Religionsübungen gereichten ihr zur Erholung und Erfrischung. An Tanz und weltlichem Gesang empfand sie kein Behagen, es fiel ihr jedoch nicht ein, sich deshalb über Andere, die nur in einem solchen Element zum Genuß ihres Daseins gelangen können, zu erheben.

Als die Engländer, nachdem sie Johanna zu ihrer Gefangenen gemacht hatten, einen Kommissarius nach Domremy absandten, der über ihre Aufführung Erkundigungen einziehen und gegen die Arme, Gemißhandelte, wo möglich, neue Klagepunkte aufstellen sollte, konnte er nicht umhin, zu berichten, er habe über sie nichts vernommen, als was er über seine eigene Schwester zu vernehmen wünsche.

Dies ist gewiß der schlagendste Beweis, daß sie nicht allein bei den Dorfbewohnern in der höchsten Achtung stand, sondern daß sie auch allgemein beliebt war.

Nahe bei Domremy lag ein anderes Dorf, Marcey. Wie Domremy mit seinen Bewohnern der Partei des Königs anhing, so hatte sich Marcey auf burgundische Seite gestellt.

Hieraus entstanden natürlich vielfältige Reibungen, die aber, merkwürdig genug, nicht unter den Erwachsenen, sondern unter den Knaben in offene Flammen ausbrachen. Es fielen unter der Jugend beider Dörfer ziemlich ernsthafte Gefechte vor, aus welchen die Kämpfer nicht selten blutend und schwer verwundet zurückkehrten. Johanna nahm zwar an diesen Fehden persönlich keinen Antheil; die Lage der Dinge, die Spaltungen, die das Königreich, in Haupt und Gliedern bis zu den kleinsten Ortschaften herab, zerrissen, wurden ihr jedoch eben hiedurch von früh auf nahe gerückt. Es entstand in ihrer Seele ein Haß gegen Burgund und seine Anhänger, der durch die Kunde von den Greuelscenen in Paris, deren wir oben gedachten, nur gesteigert werden konnte.

Auf solche Weise aufgeschlossen in ihrem ganzen Wesen, im Geist geweckt, in den Sinnen erhöht, hatte sie den Punkt erreicht, wo dem höchsten Waltenden die unmittelbare Anknüpfung ward, und dessen Offenbarungen wir nur aus Johanna's eigenem Geständnisse kennen.

Als sie etwa 13 Jahre alt war und sich zur Mittagszeit an einem warmen Frühlingstage in dem Garten ihres Vaters befand, da traf auf einmal eine außerordentliche Klarheit ihre Augen. Zugleich hörte sie eine Stimme, die sie um so mehr als Gottes Stimme verehren zu müssen vermeinte, als dieselbe ihr weise, fromme Ermahnungen zukommen ließ, sie zum öftern Kirchenbesuch aufforderte und zum Verharren in allem Guten ermunterte; sie glaubte für die ihr zu Theil gewordene Offenbarung durch ein schnelles Gelübde, Jungfrau bleiben zu wollen, am besten den Dank abzustatten.

Etwas später führte sie ihres Vaters Heerde auf die Weide. Abermals ließ die Wunderstimme sich vernehmen, und plötzlich standen viele herrliche Gestalten,

von himmlischem Glanze leuchtend, vor ihr da. Eine von ihnen hatte Flügel an den Schultern; es war, wie sie später erfuhr, der Erzengel Michael.

Sie sah dies Alles, wie sie ausdrücklich versicherte, mit ihren leiblichen Augen.

Ein heiliger Schrecken kam über sie; der Erzengel aber entfaltete vor ihr in ernster Rede ihre ganze Zukunft; er sagte ihr, daß Gott sich über Frankreich erbarmen, daß sie dem König zu Hilfe ziehen und Orleans von einer Belagerung entsetzen, und daß Karl VII. das Reich seiner Väter wieder gewinnen werde. Sie erstaunte und erwiederte dem Erzengel mit Thränen, daß sie ja nur ein schwaches Mägdlein sei und weder ein Roß zu lenken, geschweige ein Kriegsheer zu leiten verstehe. Aber der Erzengel fuhr fort: sie müsse sich nicht fürchten, sondern sich vor den Hauptmann Robert von Baudricourt zu Vaucouleurs stellen; dieser werde sie zum König bringen oder bringen lassen, und die Fahrt werde ohne Hinderniß vor sich gehen. Auch würden die heilige Katharina und die heilige Margaretha, die ihr zu Rath und That erwählt seien, ihr öfters erscheinen; ihnen möge sie vertrauen und gehorchen, denn also sei es Gottes heiliger Wille.

Die von dem Erzengel Michael verkündigten heiligen Frauen zögerten ebenfalls mit ihrer Erscheinung nicht lange. So wie sie bei Johanna eintraten, nannten sie ihre Namen. Schön, sanft und demüthig waren nach der Jungfrau Beschreibung ihre Stimmen; glänzende Kronen trugen sie auf den Häuptern und waren von vielen Lichtern umgeben. „Wie es ihnen wohl ziemte," setzte sie ernst und einfältiglich hinzu, als sie von diesem Umstand zu ihren Richtern sprach. Sie erschienen stets in der nämlichen Gestalt, aber Johanna sah nur ihre Gesichtszüge, niemals ihre Leiber, zuweilen hörte sie blos ihre Stimmen, wußte aber auch an diesen Eine von der Andern zu unterscheiden. So oft sie sich nahten, neigte sich die Jungfrau tief; wenn sie es zuweilen im ersten Moment unterlassen hatte, kniete sie beschämt nieder und bat um Vergebung. Wenn sie wieder verschwanden, vergoß sie heiße Thränen, weil sie nicht mitgehen durfte; die heiligen Frauen versprachen ihr jedoch, daß sie sie zum Paradiese geleiten würden, und da sie immer nur das Heil ihrer unsterblichen Seele vor Augen hatte, so gab sie sich gerne und leicht zufrieden.

Daß die himmlischen Gestalten zu ihr kamen, erregte in ihr hauptsächlich deshalb große Freude, weil sie darin den Beweis erblickte, daß sie in keiner Todsünde befangen sei. Um dieselben ihrerseits zu ehren, wie sie es vermochte, zündete sie vor ihren Bildern geweihte Kerzen an und bekränzte sie mit Blumen. Niemals unter dem Feenbaum, aber an vielen andern Orten hatte sie die Erscheinungen. Je älter sie wurde, um so öfter ließen sich die geheimnißvollen Stimmen vernehmen, um so ernster und dringender, zuletzt wöchentlich zwei bis drei Mal, wurde ihr der Aufbruch geboten. Sie sprach nicht von dem, was ihr widerfuhr, denn sie fürchtete die burgundische Partei, die ihre Fahrt hemmen könne, und noch mehr ihren Vater. Aber ganz konnte sie doch nicht alle und jede Andeutungen unterdrücken, und wenn es auch wohl unbekannt ist, ob sie der Belagerung von Orleans schon zu einer Zeit, wo menschliche Voraussicht von dieser nichts wissen konnte, gegen Fremde gedachte, so ist doch durch Zeugen erwiesen, daß sie wiederholt äußerte, sie werde Frank=

reich und den König retten. Auch ihrem Vater verkündigte ein ahnungsvoller Traum in schwachem Umriß die Zukunft seiner Tochter; er sah sie mit Kriegsknechten von hinnen ziehen. Doch erweckte der Traum, der vielleicht durch den Eindruck, den das dunkle Wesen seiner Tochter im Allgemeinen auf ihn machte, vielleicht auch durch einzelne räthselhafte Worte, die sie fallen ließ, erzeugt sein mochte, in ihm nur schlimme Gedanken, und er sagte zu seinen Söhnen: „Könnte es wirklich so kommen, wie ich träumte, so wollt' ich lieber, daß Ihr sie ertränktet; ja, wenn Ihr dies unterließet, so würde ich selbst es thun."

Wer sieht nicht im Geist das Hirtenmägdlein, wie sie unter den Wundern, die ihr aufgehen, unter dem Geschick, das ihr bevorsteht, fast erliegt; wie sie, bald in Seligkeit, bald in Angst und Grauen dahin wandelt; wie ihre ganze Seele zur Mittheilung an Vater und Mutter gedrängt wird, und wie sie, wohl bekannt mit dem schlichten Sinn der Ihrigen, die auf ihren außerordentlichen Beruf, bevor sie ihn durch die That selbst beurkundet hatte, unmöglich vertrauen und in ihren kühnen Hoffnungen nur Vermessenheit und Selbstüberhebung sehen konnten, sich in Stunden, wo das Herz ihr unwillkürlich aufspringt, scheu und zitternd wieder verschließt, wie sie einfach und still die Aufträge ihrer Eltern ausrichtet, und, während sie die Schafe auf die Weide treibt, der Zeit gedenkt, wo sie dem unberechtigten König von England die angemaßte Krone vom Haupt nehmen und sie dem echten, jetzt landflüchtigen und verlassenen Fürsten darbieten soll!

Kehren wir jetzt, nachdem wir die Auserwählte des Herrn, die mit Kinderhand in die Speichen des

Schicksals eingreifen sollte, kennen gelernt haben, zu dem Kriegstheater, wo sie bald auftreten wird, zurück.

Thomas von Montaigu, Graf von Salisbury, war im Sommer 1428 mit einem bedeutenden Heere nach Frankreich gekommen, um die wenigen Länder, welche Karl VII. noch anhingen, zu unterjochen. Die französischen Städte und Burgen fielen dutzendweise, eine nach der andern, in seine Hände, der ganze Norden des Reiches war bezwungen und auch den Süden durfte der Eroberer für unterworfen erachten, sobald er die Stadt Orleans zur Uebergabe genöthigt hatte.

Orleans war dem angestammten König getreu, die Bürger boten Alles auf, sich gehörig zu befestigen und für eine Belagerung mit Lebensmitteln und allem Nothwendigen in Zeiten zu versehen. Sogar die Stände des Reiches, überzeugt, daß von der Behauptung dieser Stadt Alles abhing, legten sich zu ihrer Unterstützung eine Steuer auf, und von allen Seiten zogen edle, mannhafte Ritter zu ihrer Hilfe herbei.

Die Bürger brannten eine bedeutende Vorstadt ab, die mittelst einer Brücke mit der Stadt zusammenhing und richteten, da sie wußten, daß der Feind von dieser Seite anrücken würde, ein Bollwerk vor der Brücke auf.

Noch waren sie mit dem Werke nicht ganz fertig, als (am 12. Oktober) Graf Salisbury im Felde erschien. Nun ging es alsbald zum ernsten Kampf. Tag und Nacht beschossen die Engländer mit eisernen Kugeln und Steinblöcken die Stadt.

Die von Orleans beantworteten den donnernden Gruß auf gleiche Weise und schadeten dem Feind nicht wenig durch mehrere heftige Ausfälle, die sie nach einander muthig wagten.

Den 21. Oktober begann Salisbury den Sturm; keck und verwegen setzten die Engländer trotz des ununterbrochen feuernden Geschützes ihre hohen Leitern an das Bollwerk, aber unverzagt empfingen sie die französischen Ritter, warfen ihre Leitern zurück und bewillkommten die Emporklimmenden mit Steinen und eisernen Reifen, auch wohl zur Abwechslung mit kochendem Wasser und siedendem Oel, welches Jungfrauen und Weiber in Masse herbeitrugen. Der Sturm ward auf solche Weise mit Ungestüm abgeschlagen, aber im Schooß der Erde handtirten die Minengräber, und nur zu bald sahen die Bürger ein, daß das Bollwerk nicht länger zu halten sei. Doch ließen sie sich auch dies wenig anfechten, zogen sich vielmehr gelassen zurück und errichteten, selbst zwei Bogen der Brücke vernichtend, ein neues Bollwerk, von wo aus sie die Engländer unausgesetzt beschossen. Inzwischen langte in der Stadt zur großen Ermunterung der Belagerten Graf Dunois, genannt der Bastard von Orleans, den der König Karl zum Statthalter ernannt hatte, mit vielen tapferen Begleitern an, und fast zu derselben Zeit fand Graf Salisbury, als er eben von einem Thurm aus zu rekognosziren versuchte, durch einen Schuß seinen Tod.

Der Herzog von Bedford sandte schleunigst den Grafen von Suffolk nach Orleans, um den Oberbefehl des durch das so plötzliche Hinscheiden seines tapferen Anführers verwaisten Heeres zu übernehmen. Suffolk theilte seine Kriegsmacht sogleich in zwei Theile, deren ersten er bei der Brückenburg stehen ließ, indeß er den zweiten über den Fluß hinüberführte, um die Stadt im Rücken anzufallen. Die Bürger erfuhren es kaum, als sie mit einer Aufopferung, die ihnen zu Ehren gereicht, augenblicklich beschloßen, ihre sämmtlichen reichen Vorstädte in Flammen aufgehen zu laßen.

Das Weihnachtsfest kam heran, und Belagerer und Belagerte vereinigten sich über einen kurzen Waffenstillstand, der freilich nur von 9 Uhr Morgens bis 3 Uhr Nachmittags dauerte. Angriffe und Ausfälle wechselten mit einander ab; die in Orleans hielten sich gleichmüthig tapfer, aber bald trat Mangel, zunächst an Munition und Kriegsbedürfnißen, endlich nicht minder an Lebensmitteln ein, und dagegen hilft kein Muth und keine Mannhaftigkeit. Monat um Monat ging hin, die Noth ward in der Stadt immer größer und die Entscheidung blieb fern.

Auf dem Grafen Clermont, der zu Blois ein Heer zum Entsatz sammelte und zu dem sich der Connetable von Schottland mit seinen Schotten gesellte, beruhte ihre letzte Hoffnung. Zu der Zeit, wo Clermont mit seiner Kriegsmacht nach Orleans ziehen wollte, sandte der Herzog von Bedford von Paris aus unter Fastolfs Befehl 300 Wagen mit Lebensmitteln und anderen Bedürfnißen an Suffolk. Clermont beschloß, seine Thaten im Felde mit dem Auffangen dieses Zuges zu beginnen, und der Bastard von Orleans, von seinem Vorhaben unterrichtet, verließ die Stadt, um ihm hierbei Hilfe zu leisten.

Dunois war zuerst zur Stelle und sah, wie Fastolf unbesorgt in größter Unordnung dahergezogen kam. Er hätte gerne angegriffen, und gewiß mit Erfolg, doch Clermont sandte einen Boten nach dem andern, mit dem Befehl, bis zu seiner Ankunft, die er nichtsdestoweniger nicht gehörig beschleunigte, zu warten. Fastolf merkte nun die Gefahr, schlug eine Wagenburg auf, rammelte Pfähle ein und erwartete gelassen und sich dem Schutze Gottes empfehlend, die Dinge, die da kommen sollten. Weil die Franzosen sich noch immer ruhig verhielten, wurden zuletzt die Engländer übermüthig und ließen jene durch ihre Bogenschützen necken. Nun hielt sich Dunois mit seinen Gefährten nicht länger; es entstand unter ihnen eine große Verwirrung. Diesen Augenblick benutzte Fastolf, machte einen Ausfall aus seiner Wagenburg und zerstreute die Stürmenden mit außerordentlichem Verlust. Dunois wurde schwer verwundet, doch wagten la Hire und Xaintrailles das Aeußerste, die völlige Niederlage abzuwenden, und, obgleich ihrer nur sechszig waren, den Feind aufzuhalten, ja wieder zum Stehen zu bringen. Jetzt endlich erschien Clermont; sein Heer war stark genug, um die erlittene Schmach der Andern zu rächen, auch hatte er, abgesehen von Gewissen und Pflicht, noch eine persönliche Aufforderung, dem Fastolf seine Stärke zu zeigen, denn er war an demselben Tage zum Ritter geschlagen worden; er zog es jedoch, erbittert wegen der Hintansetzung seines Befehles, vor, ohne Schwertstreich den Platz zu verlassen, und sich Orleans, statt, wie er hätte können, mit einem Ueberfluß von Proviant, mit einer Armee Hungeriger und Durstiger zu nähern.

Spät am Abend zogen die Geschwader, die unter Dunois die Stadt am Morgen verlassen hatten, wieder ein. Aber welche Heimkehr, verglichen mit dem Auszug! Schweigend und blutig, vom traurigen Licht der Fackeln beleuchtet, nicht im Stande, jene stolze Gleichmüthigkeit auf dem Gesichte hervorzurufen, hinter der sich so lange die Furcht und das Herzklopfen eines Mannes zu verbergen weiß, ritten sie auf ihren ermüdeten Rossen daher und scheuten sich, den Blicken der Ihrigen, die aus ihren Mienen Leben oder Tod herauszulesen suchten, zu begegnen. Wehklagend rannten Männer, Weiber und Kinder durch die Gassen, man sah den allgemeinen Untergang vor Augen, man pries die Todten glücklich, man verwünschte sich, daß man noch lebte.

Dunois, obgleich an seinen Wunden darniederliegend, war der Einzige, der den Muth nicht sinken ließ, und den der Andern wieder erhob. Auch hatte sich durch Clermonts Ankunft die Gestalt der Dinge merklich verändert, und durch einen Ausfall der jetzt so starken Besatzung wären die Engländer wohl ins Enge zu treiben gewesen. Doch es war keine Eintracht da, und Clermont, dem es in der verhungernden Stadt, die ihn wegen seines elenden Benehmens an dem Tage, der leicht ein entscheidender hätte werden können, laut verwünschte, nicht behagen konnte, brach nach sehr kurzem Verweilen, ohne auch nur zu versuchen, ob sich etwas ausrichten lasse, wieder auf; er versprach freilich beim Abzuge das Allerbeste, er hielt aber gar nichts und nahm noch dazu viele der tapfersten Ritter und Krieger mit sich fort.

Mehrmals hatten die Bürger sich durch Boten an ihren kriegsgefangenen Herzog gewandt und ihn um Vermittlung der Neutralität ersucht. Es war ohne Erfolg geblieben.

Jetzt fiel ihnen ein letztes Auskunftsmittel ein. Sie schickten am 15. Februar an den Herzog von Burgund eine Gesandschaft mit der Bitte, er möge, weil ihr Herr, der Herzog von Orleans, seit der Schlacht bei Azincourt in England gefangen liege und seine Stadt nicht vertheibigen könne, dieselbe einstweilen so lange in seine Obhut nehmen, bis es unter den streitenden Parteien entschieden sei, wem die Krone von Frankreich rechtlich gebühre.

Die Gesandten blieben über zwei Monate aus und der Kampf ging inzwischen fort wie bisher.

Der Herzog von Burgund, durch des Herzogs von Orleans langwierige Gefangenschaft verletzt und ohnehin edelmüthig, hätte gerne in das Begehren der Bürger gewilligt, doch der Herzog von Bedford, der nun schon zu lange auf dem Regentenstuhle saß, um sich noch an Heinrichs V. weise Ermahnungen zu kehren, verweigerte hart und rauh seine Beistimmung.

Der Herzog von Burgund wurde durch den Uebermuth des stolzen Engländers empört und befahl allen seinen Leuten, die mit vor Orleans standen, auf der Stelle heimzukehren. Dies geschah; es half den Belagerten freilich wenig, weil die Feinde schon zu sehr die Uebermacht gewonnen hatten, das Zerwürfniß war jedoch für den späteren Gang der Ereignisse von gewichtigem Einfluß. In der Stadt erreichte die Noth nun den höchsten Grad, man hatte keine Hoffnung mehr, man durfte von der Zukunft nicht das Geringste mehr erwarten, und der Grimm der Engländer, der natürlich durch die Hartnäckigkeit des Widerstandes, den sie, die an steten Sieg und unbedingte demüthige Ergebung Gewöhnten, hier gefunden hatten, fort und fort gesteigert war, ließ sie das Schrecklichste fürchten.

Zu diesem Allen entstand jetzt noch ein Gerücht von einer inneren Verschwörung, das die Gemüther so beängstigte, wie etwa den Ermüdeten, der gerne einschlummern möchte, das Rascheln einer Schlange in dem dürftigen, harten Strohlager, worauf er ruht.

Orleans aber war der Zeiger für das ganze dem König Karl VII. noch treu gebliebene Frankreich; je gewisser es wurde, daß die Stadt, trotz ihrer heldenmüthigen Standhaftigkeit, am Ende doch dem Feinde in die Hände fallen müsse, um so mehr sank allgemein der Glaube an das Glück des angestammten Fürsten, und Karl selbst, der den ruhigen, unerschütterlichen Mittelpunkt in der Verwirrung um ihn her hätte abgeben sollen, schwankte und wankte am meisten.

Der König entschloß sich in dem Drang der Umstände dazu, wozu die Jämmerlichkeit, wenn sie durch das Leben auf die Probe gestellt wird, sich am liebsten und am leichtesten entschließt, nämlich zum resignirenden Nichtsthun, zur Flucht nach Schottland oder Spanien, um dort bei seinen Verwandten seine Krone zu vergessen und durch lyrische Gedichte, die er leidenschaftlich liebte, wenn er sie selbst machte, die Herzen zu erobern, statt durch ein gezogenes Schwert die rebellischen abtrünnigen Städte. Er sah in dem Unglück, das der Himmel ihm schickte, nicht eine Aufgabe, die er lösen und durch die er zum Mann werden sollte; er sah nur darin eine Last, die er möglichst schnell abwerfen müsse, und wenn er sich nicht wirklich aus seinem Königreiche zurückzog, so unterblieb es einzig und allein, weil seine Geliebte, die schöne Agnes Sorel, die zwischen ihm und seiner Gemahlin stand, ihn für diesen Fall zu verlassen und zu dem Feind überzugehen drohte. Ihr Muth hielt ihn aufrecht, obwohl er fast Alles verloren hatte. Karl, von seinen Feinden spottweise der kleine König von Bourges genannt, hatte in seinem Schatz nur noch vier Thaler, die ihm und seinem Schatzmeister gemeinschaftlich gehörten.

Johanna hatte ihren Wohnort auf eine kurze Zeit mit einem andern vertauschen müssen. Burgundische Truppen waren ins Land eingedrungen und plündernd auch nach Domremy gekommen. Die Hirten und Ackerleute hatten sich, um dem Raub und der Mißhandlung zu entgehen, mit ihren Heerden und beweglichen Gütern nach der Stadt Neufchatel, die damals befestigt war und unter Lothringische Hoheit gehörte, geflüchtet. Jakob von Arc war mit den Seinigen natürlich nicht zurückgeblieben und hatte bei einer ehrbaren Frau, die eine Art von Wirthshaus hielt, ein Unterkommen gefunden. Der Aufenthalt dauerte im Ganzen nur drei oder fünf Tage; dennoch gab Johanna's zufällige, auf die angeführte Weise durch die Noth veranlaßte Aufnahme in einem Wirthshause später Mißwollenden zu dem Gerede Anlaß, daß sie lange Zeit in einer Kneipe als gemeine Dienstmagd zugebracht habe. Nicht unwahrscheinlich ist es, daß diese gezwungene Flucht, so wie der öde Zustand, worin sie bei der Wiederkehr das Dorf Domremy antraf, sie zur endlichen Ausführung des Vorhabens, welches so lange vor ihrer Seele schwebte, ohne daß sie einen der sich ihr darbietenden Momente zu ergreifen wagte, angespornt hat. Aber auch jetzt trat ihr wieder ein Hinderniß in den Weg. Ein von ihr abgewiesener junger Freier, der sie heftig liebte, klagte sie bei dem Tribunal zu Toul an, sie habe ihm ein Eheversprechen gegeben und bestand gerichtlich auf dessen Erfüllung. Vielleicht haben ihre Eltern den jungen Mann selbst zu einem so sonderbaren Schritt veranlaßt, oder ihn wenigstens dabei unterstützt, um durch eine frühe Ehe ihrer Tochter, deren Schicksal sie ängstigen mochte, die Pforte, die ihr eine andere und höhere Lebensweise aufschloß, für immer zu verriegeln. Aber Johanna, bis dahin ein Muster in kindlichem Gehorsam, widersprach entschieden, und der Freier ward ohne Weiteres abgewiesen.

Nun richteten sich ihre Gedanken vorerst darauf, das väterliche Haus ohne Aufsehen verlassen zu können. Sie bat deshalb ihren Oheim Laxart, der zwischen Domremy und Vaucouleurs angesessen war, er möge sie von ihrem Vater zur Pflege seiner kranken Frau begehren. Laxart war hierzu gern bereit, auch gaben die Eltern ihre Einwilligung und Johanna verließ Domremy. Kaum aber war sie acht Tage bei ihrem Oheim, als sie diesen in ihr großes Geheimniß einweihte. Er staunte und erschrack, als sie davon sprach, daß sie zu dem Dauphin ziehen müßte, um ihn krönen zu lassen. Aber sie erinnerte ihn an eine uralte Prophezeihung, daß Frankreich durch ein Weib ins Elend gestürzt, durch eine Jungfrau dagegen wieder errettet werden solle, sie deutete auf die Königin Isabella und auf sich. Wohl mag sie mit einer heiligen Beredsamkeit gesprochen haben, die der Wahrheit und der Unschuld in ihren höchsten Momenten eigen ist, dann aber auch ihre Wirkung niemals verfehlt.

Der ungläubige Oheim ward umgestimmt, er beschloß, sich allein nach Vaucouleurs zu dem Hauptmann Baudricourt zu verfügen und diesem über Johanna die erste Mittheilung zu machen. Aber die Begeisterung muß keine Boten senden wollen, denn das Feuer hat Niemand, der von ihm zeugt, es muß selbst von sich zeugen.

Der Hauptmann gab Laxart den Bescheid: er möge seiner Nichte ein Paar Ohrfeigen ngebe, und wir wollen ihn deshalb nicht roh und unritterlich nennen, obgleich seine Antwort etwas rauh klingt.

Johanna ließ sich dies nicht anfechten, sondern machte sich selbst auf den Weg nach Vaucouleurs, anfangs in ihres Oheims männlicher Tracht, die sie aber auf seinen Wunsch mit weiblichen Kleidern wieder vertauschte. Sie drang auch bis zu der Person des Hauptmanns Baudricourt vor und sagte ihm, sie sei von ihrem Herrn an ihn gesendet, damit er den Dauphin ermahne, tapfer zu widerstehen, ohne daß er jedoch den Feind zur Schlacht herausfordere; in der Fastnachtswoche werde ihr Herr ihm Hilfe senden. „Das Königreich" — fügte sie hinzu — „gehöre dem Dauphin nicht, sondern ihrem Herrn; aber ihr Herr wolle, daß der Dauphin König werde und das Reich für ihn verwalte, auch werde er, allen seinen Feinden zum Trotz, König sein, und sie müßte ihn zur Krönung führen."

„Wer ist Dein Herr?" fragte Robert lakonisch.

„Der König des Himmels!" versetzte sie ernst und feierlich.

Robert schickte sie fort, wie er ihren Oheim fortgeschickt hatte, ohne auf ihr Gesuch einzugehen.

Johanna war auf dreimaliges Abweisen durch ihre Stimmen vorbereitet. Aber ihrer naiven Natur gemäß, die gewiß unbewußt mit Gott darüber haderte, daß er ihr in dem verhärteten Herzen des alten Soldaten nicht besseren Glauben geweckt hatte, empfand sie schon das zweite Fehlschlagen sehr schmerzlich. Sie blieb in Vaucouleurs bei einer achtbaren Frau, die sie auf der Stelle liebgewann, und der sie in der Zeit, welche die Andachts=

übungen ihr übrig ließen, in ihren häuslichen Geschäften treulich beistand. Aber die höchste Ungeduld bemächtigte sich ihrer, die vielleicht eben so sehr aus der Furcht, von ihrem Vater mit Gewalt in das elterliche Haus zurückgeführt zu werden, hervorging, als aus dem Drang, jetzt endlich in das Geschick der Völker thätig einzugreifen. Sie sprach gegen Jedermann von ihrer göttlichen Sendung und gewann durch den Inhalt ihrer Worte und durch die Anmuth, die sie zugleich in dieselben zu legen wußte, mehr und mehr das Vertrauen der Einwohnern von Vaucouleurs. Nur Baudricourt verharrte in seinen Zweifeln und veranlaßte ihren Beichtvater, sie in seiner Gegenwart zu beschwören, ob ein guter oder böser Geist in ihr wohne. Daß er dies that, beweiset, daß auch er in seinem Innersten von der Gewalt und Wahrheit ihrer Reden betroffen war, daß er aber als ein Mann, für den Vieles auf dem Spiele stand und der, wenn er voreilig ein Weib an den Hof sandte, welches dort nachher keinen Glauben fand, sich bei seinen sämmtlichen Kameraden für immer lächerlich gemacht hätte, sich Zeit zur Prüfung nahm.

Johanna versuchte, um zum Zweck zu gelangen, Vielerlei; einmal machte sie sich sogar zu Fuß auf den Weg zum König, begleitet von ihrem Oheim und einem andern Mann. Unterwegs erklärte sie ihren Gefährten, es sei doch nicht wohl anständig, auf solche Weise an den Hof zu kommen und kehrte nach Vaucouleurs zurück.

Jetzt machte sie in Vaucouleurs eine Bekanntschaft, die ihr zu großer Förderung gereichte. Ein im Lande hochgeachteter Edelmann, Johann von Metz, sah sie bei ihrer Wirthin und fragte sie, was sie denn dort schaffe.

Sie sagte: „Ich kam zu des Königs Burg und begehrte, daß Robert von Baudricourt mich zum Könige bringe. Aber der achtet nicht auf meine Worte. Und dennoch muß ich noch vor der Mitte der Fasten beim König sein, und sollt' ich mir auch die Füße bis an's Knie ablaufen; denn Niemand in der ganzen Welt, nicht Könige, nicht Herzoge, nicht die Königstochter von Schottland, nicht alle die Anderen, können das Königreich Frankreich wieder gewinnen, und es gibt keine Hilfe, als durch mich, obschon ich lieber bei meiner armen Mutter spinnen möchte. Denn Jenes ist ja gar meines Thuns nicht. Aber dennoch muß ich gehen und es ausrichten, weil mein Herr es so haben will!"

„Wer ist Euer Herr?" fragte auch Johann von Metz.

„Gott!" erwiederte sie ihm, wie einst Robert.

Der Ritter, ergriffen, wie noch Keiner, gelobte ihr mittelst Handschlages, daß er sie unter Gottes Schutz zum König geleiten wolle. Als er sie fragte, wann sie die Reise anzutreten wünsche, versetzte sie: „Lieber heute noch, als morgen." Zugleich erklärte sie, daß sie gern Mannskleider anziehen möchte.

Johann von Metz ließ ihr das Gewand eines seiner Diener reichen und sie legte es alsbald an. Daß dieser würdige Ritter ihr nicht allein Glauben schenkte, sondern sich ihrer sogar auf's Thätigste annahm, erwarb der Jungfrau großen Anhang, und Mancher erbot sich ihr jetzt zum Begleiter. Sie wollte jedoch nicht gern ohne einen Beglaubigungsbrief des Hauptmanns Baudricourt abgehen.

Die Erscheinung und das wirkliche Auftreten der Jungfrau entsprach allerdings einer in ganz Frankreich bekannten alten Prophezeihung; es war daher kein Wunder, daß der Ruf von ihrer Sendung und ihrer Erleuchtung durch den Geist des Herrn sich schnell nach allen Seiten verbreitete.

Auch der Herzog Karl von Lothringen, der an einer schweren Krankheit darniederlag, hörte von ihr und ließ sie zu sich rufen, weil er dachte, daß ihm von ihr Hilfe kommen könne. Sie kam auf seinen Wunsch in ihres Oheims Gesellschaft. Höchst edel und würdevoll war ihr Benehmen. Sie hatte noch nie mit Herzogen verkehrt, aber sie verlor in der neuen glänzenden Umgebung, in die sie so plötzlich hineingerissen ward, auch keinen Augenblick sich selbst. Auf Karls Frage nach ihrer Sendung antwortete sie, da sie bei ihm entschiedenen Unglauben voraussetzen mußte, nur das Alleralgemeinste.

Eine Gauklerin hätte sich an einem so vornehmen Krankenbett ein Ansehen zu geben gesucht; sie erklärte dem Herzog einfach, daß sie kein Heilmittel für ihn wisse, und fügte hinzu, er könne gar nicht genesen, so lange er fortfahre, sich gegen seine tugendhafte Gemahlin ungebührlich zu betragen. Der Herzog entließ sie unbefriedigt.

Mittlerweile waren ihre Eltern, die nun endlich von Johanna's Vorhaben Kunde erlangt hatten, höchst bekümmert, ja verzweiflungsvoll nach Vaucouleurs geeilt. Sie hatten sich aber bald, wahrscheinlich durch Johann von Metz, der schon seinem Stande nach den einfachen Bauersleuten imponiren mußte, beruhigt, in ihre Heimat zurückbegeben.

Johanna sandte nun an ihren Vater ein schriftliches Gesuch um Verzeihung ihrer Flucht. Einer ihrer Brüder überbrachte ihr diese und blieb fortan ihr zur Seite.

Auf einmal erklärte sich Robert von Baudricourt bereit, sie an den Hof zu senden. Vermuthlich hatte er bei dem Könige vorher angefragt, ob er es thun dürfe, denn nach der Aussage Johannes von Metz befand sich in dem Reisegefolge der Jungfrau ein Königsbote.

Die Chronisten haben für Roberts Sinnesänderung einen Grund, der Manchem vielleicht besser gefällt, der aber wohl unerwiesen ist. Es heißt, Johanna habe zu Robert gesagt, es sei unrecht, daß er so lange zögere, ihren Wunsch und Gottes Gebot zu erfüllen; eben jetzt (an dem Tage, da sie so sprach) habe der Dauphin vor Orleans einen großen Unfall erlitten, und ihm stehe noch Schlimmeres bevor, wenn sie nicht bald zu ihm geführt werde.

Bald darauf sei die Nachricht von dem unglücklichen Gefecht zwischen Dunois und Fastolf eingelaufen, und nun habe der Hauptmann nicht länger zweifeln können.

Die Einwohner von Vaucouleurs vereinigten sich nun gemeinschaftlich zu Johanna's Ausrüstung. Sie ließen ihr ein Mannskleid nebst Halbstiefeln verfertigen. Ihr Oheim schenkte ihr ein Roß, Robert von Baudricourt ein Schwert.

Am Sonntag, den 13. Februar 1428, brach sie auf. Man befragte sie, wie sie eine solche Fahrt zu einer Zeit, wo das ganze Land von Feinden durchstreift werde, als eine zarte Magd wagen könne. Sie erwiederte: „Ich werde den Weg frei finden und fürchte die Feinde nicht. Und wenn mir ja welche begegnen sollten, so ist mein Herrgott bei mir, der wird mir die Bahn zum Dauphin öffnen, denn dazu bin ich geboren."

Ihr Bruder, Peter von Arc, Johann von Metz und mehrere andere Personen begleiteten sie. Keiner von Allen hatte, als es nun wirklich zum Aufbruch kam, rechtes Vertrauen auf den Erfolg, die Geringeren hielten sie für eine Hexe oder eine Verrückte, und man berieth sich Anfangs sogar, ob es nicht wohl gethan sei, sie bis auf's Weitere in einen festen Platz abzuliefern. Robert von Baudricourt hatte ihnen jedoch einen Eid abgenommen, daß sie die ihrem Schutz Anvertraute gut und sicher zum König bringen wollten. Auch wirkte bald die stille Hoheit ihrer Erscheinung auf Jeden bis zur völligen Umkehr der Gesinnung ein, so daß man anfing, fest an ihre Sendung zu glauben, und sie, in der Mancher zuerst wohl nur ein schönes, wunderliches Mädchen erblickte, als ein geweihtes, höheres Wesen zu verehren.

Die Reise war mit den größten Schwierigkeiten und Mühseligkeiten verbunden. Da man durch lauter Gegenden zog, die von Engländern und Burgundern besetzt waren, so mußte man allerhand Schleichwege wählen, um nur durchzukommen.

Johanna hatte unterwegs keine andere Angst, als diejenige, welche die Versäumung der Messe ihr einflößte.

Als Einige ihrer Begleiter, um ihren Muth auf die Probe zu setzen, sich heimlich von dem Zug entfernten und sie dann, verkleidet und unkenntlich zurückkehrend, mit Geschrei überfielen, rief sie den Uebrigen, welche, im Einverständniß mit den Andern, sich stellten, als ob sie fliehen wollten, unerschrocken zu: „Fliehet nicht! bei meinem Gott, sie werden uns kein Leid thun!"

In Fierbois, einem Dorf, welches nur noch fünf oder sechs Stunden von Chinon, dem damaligen Auf=

enthaltsort Karl VII. entfernt lag, hielt sie an; es stand dort eine Wallfahrtskirche zur heiligen Katharina, die sie, ihrer himmlischen Beschützerin und Rathgeberin zu Ehren, besuchte, auch konnte sie, nun sie dem Ziel ihrer Reise so nahe war, die letztere für beendigt halten. Sie sandte von Fierbois aus an den König einen Brief, worin sie ihm anzeigte, daß sie, um ihm zu Hilfe zu eilen, über hundertundfünfzig Stunden zurückgelegt habe; sie fügte hinzu, sie habe ihm viele angenehme und fröhliche Dinge kund zu thun und wünsche zu wissen, ob sie in die Stadt, wo er sich befinde, einziehen dürfe.

Des Königs Antwort lautete günstig, und am 24. Februar traf Johanna in Chinon ein.

Karl war nicht unvorbereitet. Noch kurz vor Johanna's Erscheinung war eine Frau als Weissagerin zu ihm gekommen und hatte ihm gesagt, ihr seien in einer Vision viele Waffenstücke gezeigt worden und sie habe dabei großes Schrecken empfunden, weil sie vermeint hätte, sie solle dieselben führen. Aber sie habe bald vernommen, die Waffen seien nicht für sie, sondern für ein Mägdlein bestimmt, das nach ihr kommen werde, um Frankreich von allen seinen Feinden zu befreien.

Dennoch ward es dem König schwer, daran zu glauben, daß, was den tapfersten, muthvollsten Rittern mißlungen war, der Tochter eines Hirten glücken sollte, und es war ihm nicht zu verdenken. In seinem Rath ward lange heftig darüber hin und her gestritten, ob es seiner Würde und Majestät gezieme, die unbekannte Prophetin anzuhören. Es ward beschlossen, sie durch die Prälaten zuvor über ihr Wesen und ihr Wollen befragen zu lassen. Dies Verhör hatte geringen Erfolg, denn Johanna erklärte, daß sie sich nur dem König offenbaren könne.

Mehrere Tage vergingen, zuletzt fühlte Karl sich veranlaßt, ihr die begehrte Audienz zu bewilligen, vorzüglich wegen der großen, beschwerlichen Reise, die sie aus Liebe zu ihm gemacht hatte. Als sie eben in das Schloß eintrat, um ihm vorgestellt zu werden, ward ein Mann zu Pferde ihrer ansichtig und spottete unehrbarer Weise über sie.

„Ha!" rief sie aus, „Du verleugnest Gott und bist Deinem Tode so nah!" Keine Stunde verstrich, und der Mann ertrank.

Es war Abend, als die Jungfrau in den von fünfzig Fackeln erleuchteten Königssaal trat. Dreihundert Ritter von hoher Geburt, zum Theil prächtiger gekleidet, wie der König selbst, waren versammelt.

Karl hatte sich in unscheinbarem Gewande auf die Seite gestellt, um sie zu versuchen, ob sie den auch kennen würde, an den sie, ihrem Vorgeben nach, eine himmlische Botschaft auszurichten hatte.

Aller Augen waren auf sie gerichtet, aus wenig Gesichtern mochte sie entgegenkommendes Vertrauen begrüßen, aber mit ruhiger Sicherheit schritt sie vor, mit demüthigem Selbstbewußtsein sah sie sich in dem glänzenden Kreise um. Sie war damals 16 oder 17 Jahre alt. Ihre Gestalt war kräftig, ihr Wuchs schlank und ihr Gesicht ausnehmend mild. Die weiße Farbe ihres Halses und die trotz der von Jugend auf von ihr verrichteten harten Arbeit zart und zierlich geformten Hände mit feinen, länglichen Fingern, verriethen keine Hirtin. Schöne, kastanienbraune Haare wallten in herrlicher Fülle über Nacken und Schultern herunter, und mit Freude und Wehmuth verweilte der Blick des Beschauers auf ihrem süßen, rührenden Angesicht mit den dunklen, tiefen Augen. Durch die anspruchslose Kühn-

heit, womit sie unverwirrt und ungeblendet sich dem König näherte, bewies sie, daß sie gewürdigt worden war, die Heiligen und die leuchtenden Engel des Himmels zu erblicken. Sie ließ sich auf ihren Knieen vor ihm nieder und sprach: "Gott verleihe Euch ein glückliches Leben, edler König!"

Karl, auf einen der Umstehenden deutend, sagte: „Ich bin nicht der König, dort steht er!"

„Im Namen Gottes" — versetzte Johanna mit Nachdruck — „Ihr seid es, und kein Anderer."

Nun trat Karl mit ihr auf die Seite, unterhielt sich lebhaft mit ihr, und wurde, wie sein Antlitz zeigte, sichtlich von ihren Reden erfreut.

Ausgemacht ist es, daß sie den König in diesem ersten Augenblick bis zur Besiegung auch des letzten kleinen Zweifels von der Wahrheit ihrer Sendung zu überzeugen wußte. Es heißt, sie habe ihm die geheimsten Dinge, namentlich ein Gebet, das nur Gott wissen konnte, geoffenbart.

Aber nun entstand eine andere Frage. Nach dem Glauben jener Zeit konnten nicht blos himmlische Gewalten, es konnten auch die Dämonen des Abgrundes die Tiefen der Natur und der Menschenseele aufschließen. War Johanna von einem guten oder einem bösen Geist getrieben? Dies mußte erst ausgemittelt werden, bevor ein christlicher König sich ihrer Hilfe bedienen konnte.

In Chinon wußte man nichts mehr gegen das gottbegeisterte Mägdlein vorzubringen, man mußte sich ihr auf Gnade und Ungnade gefangen geben. Da beschloß der König, sie nach Poitiers, dem Sitz des Parlamentes, dem Aufenthaltsort vieler gelehrten Doktoren, zu senden, um dort eine neue Untersuchung anstellen zu lassen. Bischöfe und Erzbischöfe, Theologen und Juristen traten zu diesem Zweck in Poitiers zusammen und legten ihr in corpore die Fragen, die sie schon zehnmal beantwortet hatte, zum eilften Male vor. Meister Wilhelm Aimery fragte: „Du behauptest, Gott wolle Frankreich erretten; ist dem also, was braucht es der Wappner, die Du begehrst?"

Stark und klar versetzte Johanna: „Die Wappner werden kämpfen und Gott wird den Sieg verleihen."

Meister Wilhelm erklärte sich zufrieden gestellt, viel schärfer setzte ihr Bruder Séguin zu. „In welcher Sprache reden die Engel zu Euch?" fragte er unter Anderm.

Unwillig erwiederte sie: „In einer bessern, als die Eurige." Zuletzt forderte er von ihr ein Zeichen, und die Versammlung stimmte ihm hierin eifrig bei; sie aber entgegnete mit Würde, nicht in Poitiers werde sie Zeichen thun, sondern in Orleans, man möge sie dahin senden und es werde an Zeichen nicht fehlen.

Sie entließ die Herren mit folgenden drei Prophezeiungen, die alle zu ihrer Zeit eingetroffen sind. Erstens: die Engländer würden die Belagerung von Orleans aufgeben und abziehen; zweitens: der König werde zu Rheims die Salbung und Krone empfangen; drittens: der kriegsgefangene Herzog von Orleans werde aus England zurückkehren.

Die Geistlichen und Gelehrten setzten ihre Prüfungen unablässig fort, indem sie theils entweder in der Masse oder einzeln zu Johanna kamen, theils aber sie im Stillen scharf beobachteten und beobachten ließen.

Als merkwürdig und bedeutend darf es wohl herausgehoben werden, daß die Jungfrau Niemanden, der von ihr nur gehört und sie noch nicht mit Augen erblickt hatte, sich ohne das entschiedenste Mißtrauen näherte, daß aber auch Niemand ohne einen eben so entschiedenen Glauben an sie wieder von ihr fortging.

Johanna fügte sich Allem mit Langmuth und Geduld, nur zuweilen sagte sie, es sei nun hohe Zeit zu Thaten.

Man zog mittlerweile auch Erkundigungen über ihr früheres Leben in Domremy ein, und da man nur das Beste erfuhr, da selbst der Bischof von Castres laut erklärte, er halte sie für die Gottgesendete, auf die alte Weissagungen deuten, so vereinigten sich am Ende alle Stimmen dahin, sie für die berufene Retterin Frankreichs und des Königs anzuerkennen.

Einstweilen sollte Johanna nach dem Beschluß des Königes und seines Rathes sich begnügen, einigen Proviant nach Orleans hineinzuschaffen. Der Herzog von Alencon ward nach Blois vorausgeschickt, um die Zufuhr in den Stand zu setzen.

Für Johanna ward eine Art von Hofhalt, wie er die Heerführer in jener Zeit zu umgeben pflegte, angeordnet. In Johann Pasquerel fand sie einen Beichtvater, wie ihn ihr frommes Gemüth bedurfte; ihre Stimmen zeigten ihr an, wo das von Gott für sie bestimmte Schwert zu finden sei. Sie bat, man möge in der Katharinenkirche zu Fierbois an dem Altar nachgraben lassen, dort werde man die mit fünf Kreuzen bezeichnete heilige Waffe antreffen, die sie führen solle.

Es geschah und man fand das Schwert an der von ihr angegebenen Stelle. Auch eine Fahne ließ sie jetzt für sich verfertigen; in weißem, von Lilien durchwobenem Felde erblickte man auf derselben den Erlöser des Menschengeschlechtes; an der Seite las man die Worte: Jesus Maria! Diese Fahne trug sie meistens selbst und gab als Grund dafür in schöner Weiblichkeit an, es geschehe, weil sie ihr Schwert im Kampf nicht gerne schwingen und Keinen damit durchbohren möchte.

Bevor die Jungfrau abzog, verkündigte sie dem König voraus, daß sie vor Orleans von einem Pfeil, jedoch nicht tödtlich, werde getroffen werden. Erwiesen ist es, daß die Prophezeiung der Verwundung wenigstens drei bis vier Wochen vorherging.

Das Gerücht von Johanna's Unternehmung ging aus in alle Welt, und die Herzen der Menschen waren gestimmt, das Wunderbarste und Außerordentlichste gläubig aufzunehmen.

Der Herzog von Alencon that in Blois, was er irgend konnte. Mehrere unterstützten ihn, doch ging die Rüstung nur langsam vorwärts, denn der König und seine kleine Partei waren von Mitteln zu sehr entblößt.

In Orleans harrte man der Jungfrau mit der größten Sehnsucht.

Am 21. April begab Johanna sich nach Blois. Sie mußte hier noch drei Tage verweilen, erließ aber in dieser Zeit an die Engländer die Ordre, aus Frankreich abzuziehen. Am 27. April brach sie mit ihrem Zuge von Blois nach Orleans auf.

Der König hatte ihr den obersten Befehl ertheilt, und sie gebot, man solle einen solchen Weg nehmen, daß man an der rechten Seite der Loire vor die Stadt gelange. Da gerade an dieser Seite unter Suffolk die englische Hauptmacht stand, so waren die Obersten, welche Johanna begleiteten, mit ihrer Anordnung keineswegs zufrieden, aber sie stellten sich, als ob sie sich fügten. Die Bedeckung, welche sie mit sich führte, betrug ungefähr 5000 Mann. Die gemeinen Soldaten hatten zu Anfang sehr geringes Vertrauen.

An der Spitze des Zuges befanden sich die Priester, die mit lauter Stimme alte Kirchenlieder, besonders das Lied: Veni creator Spiritus, absangen. Hinter ihnen folgte die Jungfrau mit ihrem Stab, dem sich auch der tapfere la Hire angeschlossen hatte. Dann folgte der Trupp.

Seltsam mochte den alten, bärtigen Kriegern, die gewohnt waren, ihre Züge, statt mit Singen und Beten, mit derben Flüchen zu eröffnen, zu Muthe sein, wenn sie in ihrer Mitte, wo sonst ein General, für dessen Heldenkraft und Mannessinn ein halbes Dutzend Narben das stumme Zeugniß ablegten, ein Mädchen mit unschuldigen Augen und jugendlich gerötheten Wangen erblickten.

Es war Frühling, der Mai kleidete die Welt in neuen Glanz und der Zug bewegte sich feierlich durch die fruchtbaren Gefilde der Loire, die man den Garten Frankreichs nennt.

Johanna entzündete bald auch in den rohesten Gemüthern Ehrfurcht und heilige Liebe, sie ermahnte mit einem Ernst, der gerade von ihren kindlichen Lippen um so eindringlicher ertönen mußte, zur Buße und zum Vertrauen auf Gottes grundlose Barmherzigkeit; sie genoß unter freiem Himmel in der Mitte der Soldaten das Abendmahl und veranlaßte durch ihr Beispiel, daß die Meisten zur Beichte gingen.

Am dritten Tage erblickte sie die Stadt Orleans, zugleich aber erkannte sie auch, daß ihre Begleiter sie betrogen hatten, daß sie sich anstatt am rechten, am linken Ufer der Loire befand. Sie zürnte, aber es war zu spät. Bald zeigte es sich, daß man besser gethan hätte, ihrem Befehle zu folgen. Nirgends führte eine

Brücke über den Fluß, und dieser war so seicht, daß man nur an einer einzigen Stelle bei der Stadt die Vorräthe von den Wägen in die Schiffe hätte abladen können. Gerade an der Stelle jedoch befand sich eine englische Veste.

Johanna gebot nun, die Veste anzugreifen. Aber auch dies schien den Rittern nicht rathsam. Zuletzt beschloß man, den Fluß zwei Stunden aufwärts zurückzugehen, um bei dem Schlosse Chezy, wo eine französische Besatzung lag, die Ueberfahrt zu bewerkstelligen.

Das Wetter war sehr stürmisch. Johanna sagte, es werde sich schleunig ändern, und fast wie sie es aussprach, geschah es.

Die Lebensmittel wurden nun auf die angegebene Weise glücklich nach Orleans hineingeschafft und der größten Noth war einstweilen abgeholfen.

Am Abend zog Johanna selbst in die Stadt ein. Sie saß auf einem weißen Roß, ihre Fahne ward vor ihr her getragen. Das Volk strömte zusammen, man drängte sich, sie, oder auch nur ihr Roß zu berühren. Sie begab sich zuerst nach der Hauptkirche, wo sie Gott in tiefster Demuth für seinen Schutz den Dank abtrug. Von der Kirche geleitete man sie mit großen Ehrenbezeigungen in ein zu ihrer Aufnahme in Bereitschaft gesetztes Haus. Den Bürgern war, als seien sie schon gerettet, freilich hatten sie auch durch die in die Stadt gebrachten Lebensmittel schon einen sehr realen Beweis für den Eintritt eines Wendepunktes aller Verhältnisse empfangen.

Am nächsten Morgen ward bei Dunois Kriegsrath gehalten.

Johanna drang auf augenblickliche Bestürmung der englischen Verschanzungen.

La Hire und noch ein Ritter waren auf ihrer Seite, die Uebrigen meinten, man müsse sich bis zur Ankunft des königlichen Heeres ruhig verhalten.

Die Gründe und Meinungen für und wider wurden ausgetauscht, heftig, immer heftiger.

Johanna berief sich auf des Königs ausdrücklichen Befehl.

Ergrimmt erhob sich Johann von Gamache, Oberjägermeister von Frankreich, der es nicht mit seiner Ehre verträglich fand, im offenen Kriegsrath einem Mädchen, in dem er nicht mehr noch weniger als ein Kind sah, zu weichen. „Soll die Stimme dieses Weibes" — rief er zornig aus — „mehr gelten, als die eines Ritters, wie ich, so entsage ich meinem Panier und will nichts sein als ein armer Knappe." Er reichte Dunois sein Fähnlein und wollte sich entfernen; dieser, über den Zwiespalt, der sich hervorzuthun drohte, erschreckt, suchte zu vermitteln und brachte es auch dahin, daß Johanna dem Ritter Gamache ihre Wange zum Kusse darreichte. Doch war so wenig sie, als er, im Herzen wahrhaft ausgesöhnt.

Stimmenmehrheit entschied die Frage, und zu Johanna's großem Verdruß ward beschlossen, daß man warten wolle. La Hire theilte ihren Unwillen und machte seinen Gefühlen durch einen Ausfall Luft, den er an der Spitze seiner Mannschaft gegen die Belagerer wagte.

Johanna sandte jetzt noch eine zweite schriftliche Aufforderung an die Engländer, Frankreich zu verlassen. Hatte sie bei ihrem König nur nach langem Zögern und vielfältigen Prüfungen Glauben gefunden, so war es wohl natürlich, daß die Feinde an ihrer göttlichen Bevollmächtigung zweifelten, und ihre Zuschriften, die das Unerhörteste verlangten, mit Wuth und Spott aufnahmen. Sie behielten Einen der beiden Wappenherolde, die sie diesmal mit ihrem Briefe sandte, zurück, und ließen den zweiten nur deshalb frei, damit er ihr das Schicksal seines Gefährten ansage.

Offenbar war das die größte Beleidigung, die ihr persönlich zugefügt werden konnte, denn die Herolde waren in jener Zeit, der Uebereinkunft aller Völker gemäß, unverletzlich und heilig, wie die Person der Könige, welche sie vorstellten.

Johanna ward hierdurch keineswegs beunruhigt, sondern sagte: „Meinem Herold wird kein Leid widerfahren." Hierauf forderte sie die Engländer, vom Bollwerk zum schönen Kreuz zu ihnen hinüberrufend, in eigener Person zum Abzug auf.

Die Feinde, in großer Menge zusammenlaufend, antworteten durch Drohungen und Schmähungen, Glacibas fing sogar an zu schimpfen.

„Du lügst" — erwiederte Johanna glühend — „und Ihr möget wollen oder nicht, so werdet Ihr von hinnen ziehen. Aber Du wirst es mit Deinen Augen nicht mehr sehen und auch viele Deiner Krieger werden zuvor ihr Leben lassen!"

Diese inhaltschweren, mit göttlicher Zuversicht ausgesprochenen Worte schien mit einem Male den Feind an Haupt und Gliedern zu lähmen.

Wenn die Franzosen durch das Belagerungsheer hinsprengten, wurden sie, trotz der Ueberzahl der Gegner, von keinem Schuß beunruhigt.

Die Lippen verhöhnten die Wunder-Erscheinung, die Tod und Verderben verkündigte, aber die Herzen zitterten vor ihr; die Haare sträubten sich bei dem Gedanken, daß aus ihrem Munde ein Höherer reden könne.

In Orleans hielt sich die Jungfrau eingezogen und still, nachdem sie einmal dem ungestümen Verlangen des Volkes nachgegeben und die Straßen durchritten hatte. So lange sie die Soldaten den Weg zum Sieg noch nicht führen durfte, suchte sie ihnen den Weg zum Himmel zu zeigen.

Man enthielt sich in ihrer Gegenwart des Fluchens, das doch, wie das Trinken, zum Handwerk gehört.

La Hire, der seine schlimme Gewohnheit nicht völlig zu bezwingen vermochte, schwur, ihr zu Gefallen, nur noch bei seinem Stock, da er doch vorher nicht das Geringste betheuern konnte, ohne die Hölle in ihren Tiefen erzittern zu machen und eine Legion böser Geister als Zeugen herbeizuführen.

Gewiß war dies nicht der kleinste Triumph, den Johanna feierte. Mit großer Sehnsucht, mit eben so großer Sicherheit aber auch, erwartete sie das Heer, das von Blois heranrücken sollte. Dasselbe kam bald und rückte in die Stadt ein, ohne daß, was man kaum begreift, die Engländer es zu verhindern suchten.

Als Dunois ihr an dem Tage, wo dies geschah, seinen Besuch abstattete, meldete er ihr, der feindliche Hauptmann Fastolf gedenke den Belagerern in Kurzem wieder Proviant zuzuführen. Sie freute sich dessen, weil sie darin eine Gelegenheit zu einer entscheidenden That erblickte, zugleich aber erinnerte sie sich, wie oft sie schon von den mißtrauischen und ungläubigen Befehlshabern getäuscht worden war, und im Vollgefühl der ihr von Gott und König übertragenen Gewalt rief sie aus: „Bastard, ich befehle Dir, daß Du bei der ersten Meldung von Fastolfs Annäherung mich sogleich darum wissen lassest. Wahrlich, wenn er durchschlüpft, ohne daß ich's erfahre, so lasse ich Dir das Haupt abschlagen."

Dunois gelobte ihr ehrerbietig Gehorsam.

Gleich nach Dunois Fortgang legte die Jungfrau sich ermüdet zum Schlummer nieder. Plötzlich fuhr sie auf und weckte mit großem Lärm Alles, was um sie her schlief. Befragt, was denn begegne, erwiederte sie, ihr sei geheißen, gegen die Engländer auszurücken, doch wisse sie nicht, ob gegen die Basteien oder gegen Fastolf. „Wappnet mich, wappnet mich" — rief sie erschreckt aus — „das Blut der Meinigen rinnt über die Erde!" Sie war schnell gerüstet und sprengte fort. Wie sie gesagt hatte, fand sich's bestätigt; einige Hauptleute hatten, zu vermessen und keck, ohne Dunois Wissen einen Haufen Volk gegen eine Verschanzung des Feindes geführt und waren mit Verlust zurückgedrängt worden. Jetzt stürmte Johanna mit ihrem Haufen gegen die Verschanzung an, und nach hartnäckigem Widerstand ward selbige von den Engländern geräumt. Diese glänzende Waffenthat, die dadurch noch um so mehr gehoben ward, daß sie, als die Soldaten sie ohne die Jungfrau versuchten, mißlang, befestigte bei den Franzosen das Vertrauen, bei den Engländern die Furcht; man kann sie wohl als das eigentliche Fundament alles dessen betrachten, was Johanna später ausrichtete, denn nun hatte sie das Zeichen, das sie zu Poitiers verweigerte, gegeben, nun hatte sie zugleich ihre prophetische Begabung und ihre Tapferkeit, so wie die verheißene Unterstützung von oben, bewährt.

Am folgenden Tage, dem Feste der Himmelfahrt Christi, ruhte Johanna. Die Kriegshauptleute aber hielten einen Rath und beschlossen, Tags darauf einen falschen Angriff, nach der Seite der Beauce zu, zu machen, um die Belagerer dahin zu locken, dann aber mit aller Macht gegen die Sologne hin auf der anderen Seite des Flusses loszubrechen. Seltsam genug fanden, als Einige der Jungfrau diesen Plan mittheilen wollten, die Meisten es bedenklich, ihr, als einem Mädchen, ein solches Geheimniß anzuvertrauen. Als sie in der Versammlung erschien, machte man sie demzufolge nur mit der Hälfte des Beschlossenen bekannt; sie aber hatte scharfe Augen und merkte wohl, daß man ihr etwas verheimliche. Unwillig auf und nieder wandelnd, rief sie aus: „Sagt mir Alles, ich kann wohl höhere Dinge verschweigen, als das!" Dies geschah nun, und sie bemerkte, der Gedanke sei ganz gut, nur komme es freilich darauf an, ob er auch ausgeführt werde. Sie erließ hierauf sogleich einen Befehl, daß Niemand am anderen Morgen eher aus der Stadt gegen die Basteien ziehen solle, bevor er gebeichtet habe, und daß Jeder die schlechten Weibsbilder von sich entfernen oder dieselben doch zum Wenigsten abhalten müsse, sich der Jungfrau, der sie ein Greuel waren, zu nahen.

Am Abend dieses Tages sandte sie den Engländern durch einen Pfeilschuß ihren dritten und letzten Friedensbrief.

Am nächsten Morgen zeigte es sich sogleich, daß Johanna Recht gehabt hatte, wenn sie an der Ausführung des von dem Kriegsrath gefaßten und von ihr gebilligten guten Beschlusses zweifelte.

Man dachte jetzt nur noch daran, die Bastei St. Jean le Blanc durch raschen Anfall zu erobern, um sich einen neuen Stützpunkt zu gewinnen, und auch hiemit erklärte sie, die von jedem eitlem Widerspruch entfernt war, sich zufrieden.

Kaum bemerkte Glacidas, daß die Franzosen gegen Saint Jean le Blanc anrückten, als er diese Verschanzung, ohne zu versuchen, ob sie sich nicht halten ließe, in Brand steckte und sich in die Bastei der Augustiner, so wie in die Tournellen zurückzog.

Die französischen Kriegshauptleute meinten, man könne die von den Feinden zerstörte Bastei nicht so rasch in Stand setzen, um eine Besatzung darin aufzustellen, und wollten ihre Schaaren sogleich nach Orleans zurückführen.

Dies war Johanna aber keineswegs recht, sie beschloß im Gegentheil, den Feind tapfer zu verfolgen und stellte sich zu Fuß an die Spitze der Truppen. Schon hatte sie am Fuße des feindlichen Bollwerkes ihre Fahne aufgepflanzt, als auf einmal das Gerücht entstand, die Engländer kämen in großer Zahl vom rechten Ufer des Flusses herüber.

Nun wich Alles, was der Jungfrau bis dahin gefolgt war, hastig und unordentlich zurück, sie selbst mit fortdrängend.

Die bisher eingeschüchtert in der Bastei gebliebenen Feinde fielen triumphirend aus, hieben mit Macht ein und schmähten die Franzosen und ihre Anführerin.

Als Johanna dies hörte, konnte sie Niemand im Wiedervordringen hindern. Die Gegner wurden in die kaum verlassenen Verschanzungen zurückgetrieben.

Johanna pflanzte abermals vor der Bastei ihre Fahne auf und ein blutiges Gefecht entstand. Gegen die Vesperstunde drangen die Franzosen in die Bastei ein. Wenige von der Besatzung waren im Stande, sich zu retten.

Die Sieger bezeigten Neigung, sich mit Plündern und Beutemachen aufzuhalten und dadurch dem Feind Gelegenheit zu geben, umzukehren und sich des verlornen Postens wieder zu bemächtigen. Johanna aber befahl unerbittlich, daß die Verschanzung mit allen darin befindlichen Vorräthen und Kostbarkeiten sogleich in

Brand gesteckt werde. Ihr Befehl wurde auf der Stelle ausgeführt.

Noch den nämlichen Abend schlossen die Franzosen die Tournellen und die diesen zunächst gelegenen Bollwerke der Engländer ein.

Das Blatt hatte sich ganz und gar gewendet; aus den Belagerten waren Belagerer geworden.

Johanna wollte mit aller Gewalt selbst mit draußen bleiben, und wenn sie sich zuletzt doch bereden ließ, sich nach Orleans zurück zu wenden, so geschah es des Anstandes und der Sitte wegen, die sie mit peinlicher Aengstlichkeit beobachtete. Wie sie in ihrer Herberge anlangte, fühlte sie sich so ermattet, daß sie, obgleich sie gewohnt war, an den Feiertagen zu fasten, sich entschließen mußte, von ihrer Regel abzuweichen. Sie aß und trank also; es war ihr zwar sehr leid, aber sie that es doch und zeigte hiedurch, daß sie mit richtigem Sinn, trotz ihrer Rechtgläubigkeit, wohl zwischen den unbedingten und den bedingten Vorschriften ihrer Kirche zu unterscheiden wußte. Gleich, nachdem sie gespeist hatte, ließ der versammelte Kriegsrath ihr sagen, er erkenne die bisherigen Siege als eine Gnade Gottes an, meine aber, daß es bei jetziger guter Verproviantirung gerathen sei, sich so lange ruhig zu halten, bis erneuerte Hilfe vom König anlange, und daß man zum Wenigsten für den folgenden Tag keinen Ausfall unternehmen müsse.

Johanna, noch glühend von der so eben errungenen Victorie und mit Recht in ihrem Gefühl durch einen ohne ihre Beistimmung gefaßten einseitigen Beschluß verletzt, erwiederte: „Des Herrn Rathschlag hält und wird bestehen, der Menschenrath wird untergehen!" Dann wandte sie sich zu ihrem Kaplan und sagte:

„Stehet Morgen mit der ersten Dämmerung auf, noch früher, wie heute. Spannt Eure besten Kräfte an und haltet Euch immer in meiner Nähe, denn für mich wird Morgen viel zu schaffen sein, weit mehr, als bisher. Blut wird morgen aus meinem Körper über die Brust fließen, vor der Bastei des Brückenkopfes werde ich verwundet werden!" Nun begab sie sich zur Ruhe, hatte aber einen sehr unruhigen Schlaf. Früh, vor Anbruch des Tages, stand sie auf, feierte nach ihrer frommen Weise den Gottesdienst und legte ihre Rüstung an. Als sie eben aus dem Hause treten wollte, kam ein Mann mit einem frisch gefangenen Fisch. Sie hatte noch nicht gegessen.

„Johanna," — sagte ihr Hauswirth, der sie gerne zurückgehalten hätte — „esset, bevor Ihr gehet, mit mir diesen Fisch!"

„Verwahret ihn bis zum Abend," — versetzte sie, — „dann werde ich einen Engländer mitbringen, der soll sein Theil davon verzehren!"

Nun ritt sie, vom Volk und vielen Kriegsleuten begleitet, bis an das Burgunder-Thor.

Der Herzog von Gaucourt, ein starrer, unbeugsamer Mann, der hier die Wache hatte, verweigerte, sich auf den Schutz des Kriegsrathes berufend, die Passage.

Das Volk ward erbittert und drohte. Johanna gebot Schweigen, ritt gerade vorwärts und sagte zu Gaucourt: „Ihr seid ein schlimmer Mann, doch Ihr möget wollen oder nicht, die Kämpfer werden durchdringen und den Sieg erfechten, wie das vorige Mal." Hierauf ward das Thor geöffnet: Einige berichten, von der Menge, Andere: von Gaucourts Wappnern selbst.

Eben ging die Sonne auf, als Johanna mit den

Ihrigen über die Loire setzte. Sie beschloß mit den vor dem Tournellen-Fort stehenden Hauptleuten einen ernsten Sturm auf das früher verloren gegangene Insel-Bollwerk, dessen Besitz von der höchsten Wichtigkeit war.

Um zehn Uhr Vormittags bliesen die Trompeten zum Angriff. Der Sturm begann, und sowohl die Angreifer als die Abwehrenden bewiesen die höchste Tapferkeit und machten die größten Anstrengungen. Schon war es Ein Uhr Nachmittags und noch war nichts entschieden; jener Moment, wo man auf beiden Seiten erschöpft ist und wo diejenige Partei zu gewinnen pflegt, die noch einen letzten, unerwarteten Hebel in Bewegung zu setzen hat, trat ein.

Johanna war allerwärts, keine Furcht beschlich sie, und doch waren alle Geschosse des Feindes nach ihrer auffallenden Erscheinung gerichtet, kein Zweifel am Gelingen stieg in ihr auf, und dennoch war der Tag schon zur Hälfte verstrichen. Sie führte die Weichenden ins Gefecht zurück, sie ermunterte die im Kampf Begriffenen zum ferneren Ausharren. „Jeglicher habe nur frischen Muth," — rief sie aus — „Jeglicher halte fest an dem Vertrauen auf den Herrn! Denn die Stunde naht, wo die Englischen erliegen müssen und wo Alles zum fröhlichen Ziel gelangt!" Wie der Blitz sprengte sie durch die Reihen dahin, wie der Blitz zündete sie in jedem Herzen die erlöschende Flamme der Hoffnung wieder an. Um das Aeußerste zu versuchen, sprang sie selbst in den Graben, ergriff eine Sturmleiter und setzte sie an dem Bollwerke an. Nun traf sie der von ihr voraus verkündigte Pfeilschuß zwischen Hals und Schulter. Halb ohnmächtig sank sie nieder und die Engländer, begierig, sie und mit ihr das Glück Frankreichs zu fangen, drangen auf sie ein. Augenblicklich weckte sie die Gefahr aus ihrer Ohnmacht wieder auf, halb knieend richtete sie sich empor und vertheidigte sich mit geschickten Klingenhieben gegen ihre Gegner.

Schnell kam ihr Johann von Gamache, der sie früher, wie wir wissen, geringschätzig behandelt hatte, zu Hilfe, streckte mit seiner kräftig geschwungenen Streitaxt ein Paar der Feinde zu Boden und zerstreute die Uebrigen. Dann bot er ihr sein Roß dar und sagte: „Empfanget diese Gabe, muthige Ritterin, und tragt mir nichts Uebles nach. Ich bekenne mein Unrecht, wenn ich je Arges von Euch dachte." Sie versicherte ihn in freundlichen Worten auch ihrer veränderten Gesinnung. Durchaus wollte sie im Graben bleiben und fast mit Gewalt mußte man sie hinwegtragen.

Fern vom Gewühl des Kampfes setzte man sie ins Gras und entkleidete sie ihrer Rüstung. Der Pfeil war ihr beinahe einen Fuß lang durch den Hals gefahren. Als sie dies zuerst bemerkte, fing sie an zu weinen; schnell aber sich ermannend, rief sie aus: sie sei getröstet, und zog mit eigener Hand den Pfeil aus der Wunde.

Die Verwundung der Jungfrau erregte bei den Ihrigen große Bestürzung.

Man hielt es für gerathen, den Sturm für heute aufzugeben, Dunois ertheilte den Befehl zum Rückzug, schon bliesen die Trompeten.

Johanna ward hiedurch auf's tiefste erschüttert und allerdings war es ein Moment, in dem sie irre an sich selbst hätte werden können, denn sie hatte den Sieg prophezeit und an den Sieg fest geglaubt. Sie suchte augenblicklich den Dunois auf und bat ihn flehentlich, doch nur noch ein ganz klein wenig auszuharren.

Dunois gewährte ihren Wunsch, er ließ die Krieger etwas ruhen und sich an Essen und Trinken erquicken. Nach kurzer Weile gab sie ihr Banner Einem aus ihrem Gefolge zu halten, begehrte ihr Roß und schwang sich so leicht und sicher hinauf, als ob sie gar nicht verwundet sei.

Freudig gingen die Franzosen auf's Neue an ihr schweres Tagewerk, die Engländer dagegen ergriff Schauder und Entsetzen, es war ihnen, als ob Alles ringsum mit Volk bedeckt sei; aber auch jetzt galt es noch ernsten Kampf.

An der einen Seite erstieg der Komthur der Kreuzritter von St. Johann in Jerusalem zuerst das Bollwerk, an der andern die Jungfrau. Sie ließ ihr siegreiches Banner im Winde wehen und rief: „Glacidas, Glacidas, ergib Dich, ergib Dich dem Könige des Himmels! Du hast mich geschmäht, aber ich habe großes Mitleid mit Deiner Seele!"

Glacidas ward von Angst und Grauen gepackt, er wollte sich mit den Seinigen in die Burg retten, aber die dahin führende Brücke brach unter der Last der Vielen, die sich herzu drängten, ein, und Glacidas stürzte mit den meisten seiner Gefährten in den Strom, wo ihre schweren Rüstungen sie sogleich zu Boden zogen.

Johanna brach in glühende Thränen aus, als sie nun mit eigenen Augen sehen mußte, wie das, was der Geist des Herrn durch ihren Mund voraus verkündigt hatte, sich an dem stolzesten englischen Ritter und seinen wilden Kriegskameraden erfüllte.

Alle Glocken wurden geläutet, als die Jungfrau wieder in Orleans einzog. In den Kirchen ward das Te Deum angestimmt. Vor jedem Altar lagen Gerettete in überströmender Dankbarkeit auf den Knieen. Alle fühlten und erkannten, daß das Schicksal Orleans durch diesen Tag entschieden war.

In der Nacht hielten die Engländer Kriegsrath und faßten den Beschluß, die Belagerung aufzuheben.

Noch vor Sonnenaufgang ließen Suffolk und Talbot, knirschend vor Zorn, daß die Dinge eine so unerhörte Wendung nahmen, die Truppen aus den Zelten ausrücken. Zwei Heergeschwader wurden gebildet, die, trotz der gehabten bedeutenden Verluste noch immer so zahlreich waren, daß sie, aufgestellt, sich bis an die Wallgräben der Stadt erstreckten.

Die Franzosen, einen Sturm erwartend, machten sich bereit, dem Anfall zu begegnen.

Johanna, rasch geweckt, ritt aus dem Thor und ordnete die Schaaren dem Feind nahe gegenüber, verbot jedoch den Ihrigen, dem heiligen Sonntag zu Ehren, den Kampf anzufangen. „Wollen sie ziehen" — sagte sie — „so ist es Gottes Wille, ihnen dies zu vergönnen. Greifen sie Euch aber an, so wehrt Euch tapfer und zweifelt nicht, daß Gott Euch den Sieg verleihe." Hierauf ließ sie auf freiem Felde einen Altar erbauen; sie, nebst dem ganzen Heer und der Bürgerschaft, fiel auf die Knie, zwei Messen wurden in tiefster Stille gelesen, und kein Feind wagte es, den Gottesdienst zu unterbrechen und zu stören. Nach Beendigung der zweiten Messe befahl sie, hinzusehen, ob die Engländer noch mit dem Gesicht gegen die Franzosen gewendet ständen. Da man ihr berichtete, sie hätten sich umgekehrt, rief sie aus: „Bei meinem Gott, sie ziehen von hinnen! Das ist genug, verfolgt sie nicht!"

Dies war den Soldaten nicht ganz recht, aber Johanna blieb bei ihrem Befehl.

Die Engländer zogen nun wirklich ab, zwar in guter Ordnung, aber doch mit Hinterlassung vieler Kriegsvorräthe. Ungefähr 6= bis 8000 Mann hatten sie vor Orleans eingebüßt, die kostbare Zeit ungerechnet.

Jetzt wurden den Bewohnern der Stadt Orleans die feindlichen Verschanzungen, die so lange Verderben und Tod durch das donnernde Geschütz gegen sie ausgespieen hatten, Quellen des Segens, Speicher, wo sie allen ihren Bedürfnissen in reichlichem Maß abhelfen konnten. Jubelnd stürzten sie hinein, machten die Basteien dem Erdboden gleich und schleppten fort, was sie brauchten.

In acht Tagen hatte Johanna dies Alles vollbracht.

Der achte Mai, an welchem die Befreiung beendigt worden war, wurde von Orleans Bürgern bis auf neuere Zeiten zum Ehrengedächtniß der Jungfrau alljährlich gefeiert. Gleich am nächsten Morgen nach Abzug der Engländer verließ sie die Stadt. Daß die heißesten Wünsche aller Herzen ihr folgten, versteht sich von selbst.

Johanna wußte durch ihre Stimmen, daß ihre Laufbahn nur eine kurze sei. Auch mochte sie sich in manchen Stunden, wo ihre Kräfte nachließen und ihre Ideen, die sonst ihr Wesen in steter Gespanntheit erhielten, einschlummerten, aus dem Gewirre der Welt in die Einsamkeit, aus der ein dunkles Geheiß, dem sie wohl folgen, das sie aber nicht begreifen konnte, sie fortgedrängt hatte, zurücksehnen. Deshalb trieb sie fort und fort zur Eile und verlangte von Karl, als sie bei ihm ankam, mit Eifer, daß er ungesäumt zur Krönung nach Rheims aufbrechen solle.

Aber der König zögerte, wie Einer, der an sein eigenes Glück nicht glauben kann, und wenn er sich selbst kannte, so hatte er allerdings Grund genug, daran zu zweifeln, daß der Himmel sich seinetwegen in Bewegung gesetzt habe. Er hielt eine Rathsversammlung nach der anderen ab, er hörte die Meinungen aller Welt, er that nicht allein selbst nichts, er verhinderte auch seine Getreuen, etwas zu thun.

Nicht genug, daß Johanna das Schwert war, sie mußte auch der Sporn sein. Ruhelos, weil ihr zu viel Ruhe vergönnt wurde, wandelte sie umher. „Ich kann" — rief sie aus — „nur ein Jahr dauern, man sollte dies Jahr gut zu benutzen trachten!"

Als Karl einmal mit zwei Geistlichen im verschlossenen Gemach seiner Lieblingsbeschäftigung, dem Rathschlagen, oblag, klopfte Johanna ungeduldig an die Thür. Ihr ward geöffnet, sie trat ein, kniete vor dem König nieder und sprach: „Edler Dauphin, haltet nicht mehr so viele und so lange Rathsversammlungen, sondern zieht recht bald nach Rheims und setzt Euch die Krone auf!"

Der Bischof von Castres fragte sie hierauf, ob ihr diese Worte von oben her eingegeben seien. Sie versetzte: „Ja wohl, und sehr werde ich um dieser Sache willen angetrieben." Nun forderte er sie, wahrscheinlich aus arglistiger Neugier, auf, die Art und Weise anzuzeigen, wie die himmlischen Stimmen sich ihr vernehmbar machten. Auch der König sprach den nämlichen Wunsch aus, und sie erwiederte: „So oft es mich schmerzt, daß man mir die Dinge nicht glauben will, die ich doch nur im Namen

Gottes vorbringe, begebe ich mich in die Einsamkeit, bete zu Gott, und frage ihn, weshalb man meinen Worten keinen Glauben schenkt. Und hab' ich dann mein Gebet vollendet, so höre ich eine Stimme, die zu mir spricht: Tochter Gottes, geh! geh! geh! — Und wenn ich diese Stimme höre, so freue ich mich sehr und wünsche, daß mir immer so zu Muthe sein möchte!"

Sie war wie verzückt, während sie dies vorbrachte, und machte auf alle Anwesenden einen Eindruck, der für immer haften blieb. Und wahrlich, nirgends tritt das Verhältniß, worin sie zu Gott und Welt stand, so deutlich hervor, wie in dieser Aeußerung. Sie verwünscht, wie ich es schon oben ausdrückte, die Welt, weil sie nicht an das glaubt, was Gott durch sie verkündigen läßt; sie schmollt mit Gott, weil er sie nicht nachdrücklich genug unterstützt. Sie ist ganz ein Kind, das wegen der überschwänglichen Liebe, die es zum Vater hegt, sich auch etwas Weniges herausnehmen zu dürfen vermeint; sie zieht sich in die Einsamkeit zurück, sie betet, sie fragt ungestüm an, warum man ihr keinen Glauben schenkt. Die menschlich einfachsten Empfindungen und Gedanken vermischen sich in ihr mit den wunderbarsten, über Begriff und Bewußtsein hinausgehenden Anschauungen, und bringen sie nicht selten bei sich selbst in's Gedränge.

Die Rathgeber des Königs meinten jedoch, man müsse, bevor man den bedenklichen Zug nach Rheims wage, zuvor die Normandie wieder erobern, weil sich gerade in dieser Provinz der Haß gegen die Engländer am lebhaftesten rege. Vor Allen unterstützte der Herzog von Alencon diese Ansicht, weil seine eigenen Besitzthümer in der Normandie lagen und die Klagen seiner Unterthanen ihn längst gerufen hatten. Johanna aber verstand

sich nicht zur Nachgiebigkeit; an die wirkliche Krönung des
Königs knüpfte sie unmittelbar sein Glück und Gedeihen;
sobald er gesalbt sei — wiederholte sie bei jeder Gele=
genheit — werde die Macht seiner Gegner mehr und
mehr abnehmen und Niemand werde ihm fürderhin noch
zu schaden vermögen. Man sieht, auf's strengste hielt
sie sich an die ihr zu Theil gewordenen Offenbarungen
und gestattete so wenig sich als Anderen Deutungen und
Umdeutungen irgend einer Art. Nur des Zieles wegen
machte sie den Weg, und hielt sich nicht berechtigt, all
die kleinen Vortheile, die schon der Letztere, wenn man
ihn verlängerte, ihn in's Krumme und Weite zog, hätte
darbieten mögen, aufzulesen. Johanna's Beharrlichkeit
siegte zuletzt über allen Widerstreit; die Fahrt nach Rheims
wurde beschlossen, doch sollten die Engländer zuvor noch
aus den festen Plätzen, die sie an der Loire, oberhalb
und unterhalb Orleans inne hatten, vertrieben werden.

Von vielen Seiten strömten nun Ritter und Edle
mit ihren Dienstleuten herzu, um unter dem Banner der
Jungfrau gegen die Feinde des Reiches zu streiten. Un=
begrenzt war die Ehrfurcht des Volkes vor Johanna, fast
abgöttisch die Art und Weise, wie es dieselbe zu erkennen
gab. Ehrwürdige alte Frauen knieten vor ihr nieder,
man bat sie, ihre Hände und Füße zu zeigen, um sich
zu überzeugen, ob sie auch wirklich von Fleisch und
Blut sei, man küßte ihre Kleider, ja, wenn man nur
ankommen konnte, sogar die Beine ihres Rosses.

Der König wollte dem Herzog von Alencon den
Oberbefehl des Heeres übergeben, aber die Herzogin wollte
ihren erst vor Kurzem mit schwerem Lösegeld aus eng=
lischer Gefangenschaft befreiten Gemahl nicht wieder ziehen
lassen. Johanna hieß die Herzogin gutes Muthes sein;

sie versprach ihr, den Herzog in gleichem oder noch besserem Wohlsein zurückzubringen, und die Herzogin, den Worten der Jungfrau vertrauend, gab sich zufrieden.

Johanna begab sich zum Heer und am 9. Juni 1429 brach man gegen Jargeau auf.

Wiederum entstand der alte Streit, ob man rasch angreifen oder ob man sich erst verstärken solle. Am 11. Juni schritt man zum Angriff. Man hatte die Vorstädte durch den ersten Anlauf einzunehmen und sich dort für die Nacht festzusetzen gehofft. Aber Suffolk rückte den Franzosen entgegen und schlug sie Anfangs zurück. Furcht und Verwirrung drohten schon einzureißen, da ergriff Johanna ihre Fahne und sprengte, ihr Roß muthig spornend, in's wildeste Getümmel hinein. Nun dachte Keiner mehr an's Weichen, um sie zu schützen, warf man sich wieder auf die Feinde, und da sie immer weiter, immer ungestümer vordrang, erkämpfte man den Sieg. Bald waren die Vorstädte erobert, die Nacht bildete die natürliche Pause; am nächsten Morgen aber fuhr man das schwere Geschütz gegen Jargeau auf und ließ die Kriegsmaschinen gegen die Mauern spielen. Die Besatzung der Stadt war entschlossen, lieber zu sterben, als sich zur Uebergabe bereit finden zu lassen. Die Bürgerschaft, den Engländern treulich anhängend, theilte diesen Entschluß, und der Kanonen Ungewitter von außen ward mit einem gleichen von innen erwiedert. Aber Johanna, eine ganz außerordentliche Kenntniß im Gebrauch der Artillerie zeigend, fügte der Stadt in Kurzem großen Schaden zu. Auf einmal sagte sie während des gegenseitigen Feuerns zu dem die Außenwerke betrachtenden Herzog von Alencon: „Entfernt Euch von da, oder jenes Geschütz" — sie deutete auf ein feindliches, das vom

Wall herunterspie — „erschlägt Euch!" Alencon that, wie sie ihn hieß; kaum hatte er den Ort verändert, als ein plötzlicher Schuß einen Edelmann, der an die von dem Herzog verlassene Stelle getreten war, zerschmettert zu Boden streckte.

Man kann sich leicht denken, wie ein solches Ereigniß, mochte es nun in der Inspiration oder, wie mir natürlicher scheint, in dem sicheren Auge der Jungfrau seinen Grund haben, auf die Soldaten und Heerführer wirken, wie es sie begeistern und in ihrem Vertrauen auf die Gottgesandte bestärken mußte. Deßungeachtet hätte ein Gerücht, daß Fastolf mit Lebensmitteln und vielen Streitern zu Suffolk's Unterstützung heranziehe, die Franzosen fast veranlaßt, die Belagerung einstweilen wieder aufzugeben und dem Fastolf in den Weg zu treten. Johanna aber fand es schimpflich, eines bloßen Gerüchtes wegen alle errungenen Vortheile wieder aufzuopfern; sie redete mit einer Flammenzunge zu den Hauptleuten, und es gelang ihr, sie umzustimmen. Am dritten Tage, nachdem bereits der mächtigste Thurm des Platzes zusammengestürzt, und die Mauer stark beschädigt war, hielt Suffolk um einen vierzehntägigen Waffenstillstand an, sich anheischig machend, die Stadt zu übergeben, falls innerhalb dieser Frist kein Entsatz anlange. Der französische Kriegsrath faßte diesmal einen kurzen Schluß; man bewilligte nichts, als den ungehinderten Abzug, und da diese Bedingung nicht angenommen wurde, befahl Johanna den allgemeinen Sturm. Gewaltig wurde gerungen und gekämpft, die Gräben füllten sich mit Trümmern und Leichen, aber auch die Besatzung verlor in kaum vier Stunden fünfhundert Mann. Jetzt erschien Suffolk auf dem Wall und begehrte eine Unterredung mit Alencon. Doch es war, als ob Einer in den Orkan hinein schreite, er wurde nicht gehört; Johanna, ihre Fahne schwingend, bestieg eine Sturmleiter und rief den Ihrigen zu, ihr zu folgen; ein Engländer schleuderte einen schweren Stein nach ihr, der ihren Helm streifte und, ohne sie zu verletzen, sie

doch durch seine Wucht zu Boden warf. Die Feinde jubelten, da sie die Jungfrau fallen sahen, aber wie groß war ihr Entsetzen, als sie sich augenblicklich wieder empor richtete und mit starker, durchdringender Stimme ausrief: „Hinan, Freunde, hinan! Der Herr hat die

Engländer verworfen, unser sind sie allesammt!" Nun war den Franzosen nicht mehr zu widerstehen, die Brustwehr wurde erklommen, die Besatzung niedergehauen, oder zurückgedrängt und mit allen seinen Schrecken zog der Krieg, keinen Pardon bewilligend, plündernd und mordend, durch die offenen Straßen der Stadt.

Wie hoch bei den Anhängern Karl VII. die Wuth gestiegen war, zeigt der gräßliche Umstand, daß sogar noch die Kriegsgefangenen, die schon nach Orleans abgeführt werden sollten, angegriffen und zum Theil niedergemetzelt wurden. Johanna fand, um Suffolk und andere vornehme Engländer vor gleichem Schicksal zu schützen, kein anderes Mittel, als daß sie dieselben auf einem großen Fahrzeug einschiffen und zu Wasser nach Orleans schaffen ließ. Noch am selben Tage (Abends) traf sie selbst in dieser Stadt ein.

Das Bruchstück eines Briefes, den der Herzog von Bedford aus Paris an den jungen König von England schrieb und den man noch zu London aufbewahrt, zeigt deutlich, daß die Engländer es gleich vom Anfang an für gut fanden, die Heldenthaten der Jungfrau dem Teufel auf die Rechnung zu setzen, um ihr für den Fall der etwaigen Gefangennehmung kurzen Prozeß machen zu dürfen.

Es ging — heißt es darin — Alles für Euch auf's beste, bis die Belagerung von Orleans, Gott weiß, auf wessen Anrathen, unternommen ward. Ein Weib, welches mit dem Bösen im Bunde steht, und das sicher ist vor Kugel und Eisen, führte die Franzosen zum Siege und entwaffnete durch Teufelskünste unsere Truppen. Doch die Stunde der Vergeltung wird kommen.

Orleans war jetzt gewissermaßen ein Waffenplatz geworden. Wer irgend dem rechtmäßigen König anhing, oder wem bei der Wendung der Dinge schwül um's Herz ward, der eilte dahin, um unter Johanna's siegreicher Fahne seinen Eifer zu zeigen. Zunächst ward nun zur Belagerung von Baugenci geschritten, einer Stadt, die von Orleans etwa sechs Stunden entfernt lag.

Mit sechs bis siebentausend Mann zog die Jungfrau aus, viel Geschütz und ein großer Vorrath von Lebensmitteln ward ihr nachgeführt, Karl VII. begab sich nach Sully, um, wenn auch nicht Anführer, so doch Zuschauer bei der Unternehmung zu sein.

Die Brücke von Meun wurde schnell genommen, auch Baugenci, nach geringem Widerstand, bis auf die feste Burg, die die Engländer noch zu halten suchten. Jetzt auf einmal erschien der Graf Artus, Herzog von Richmont und ehemaliger Connetable von Frankreich, an der Spitze seiner Edlen, und mit zwölfhundert Gewappneten und achthundert Bogenschützen, um die Erlaubniß bittend, sich mit dem königlichen Heere vereinigen zu dürfen. Johanna und die Feldherren geriethen durch dies Gesuch in keine geringe Verlegenheit. Denn der Graf hatte sich durch seinen Stolz und Uebermuth die Ungnade des Königs zugezogen und dieser hatte ihm entbieten lassen, er solle umkehren, wofern er nicht mit der Gewalt der Waffen angegriffen und zurückgewiesen zu werden Verlangen trage. Der Graf hatte kurz erwiedert: Was er thäte, geschehe zu des Reiches und des Königs Besten, und er wolle den sehen, der ihn angreife; er war demgemäß weiter marschirt und stand nun mit einer Macht, die, wenn man ihr die Freundschaft versagte, ihre Feindschaft hinreichend fühlbar machen konnte, vor Baugenci. Wie immer entstand hartnäckiger Zwist darüber, was am rathsamsten sei. War es bedenklich, den drängenden Grafen abzuweisen, so war es doch auch nichts Geringes, den ausdrücklichen Befehl des Königs hintanzusetzen.

Der Herzog von Alencon erklärte, er werde, wenn man den Grafen aufnehme, sich augenblicklich vom Heere entfernen. Johanna sprach den nämlichen Entschluß aus. Die entgegengesetzte Partei erwiederte ihr höhnisch: wenn sie den Grafen zu bestreiten gedächte, so würde sie wohl Einen finden, der mit ihr zu reden verstände, und sie würde bald erfahren, daß es Leute gäbe, denen der Graf mit seiner Mannschaft lieber wäre, als alle Jungfrauen des Königreiches.

Die Noth, die sonst nicht leicht willkommen ist, kam der Jungfrau in dieser schwierigsten aller Situationen erwünscht, weil sie den Streit rasch entschied.

Talbot führte eine ansehnliche Macht heran; jetzt auch noch den Grafen Artus gegen die königliche Armee, die zu unterstützen er sich auf den Weg gemacht hatte, aufzureizen, ihn vielleicht zur Verbindung mit dem Feind zu veranlassen, hieß Alles auf die Spitze treiben. Johanna überzeugte also den Herzog von Alencon, daß man in einem so wichtigen Moment sich der angebotenen Hilfe bedienen müsse und ertheilte dem Grafen Artus die gewünschte Erlaubniß, jedoch nur unter der Bedingung, daß er vor ihr und den anderen Herren schwöre, dem König stets als treuer Unterthan zu dienen und nie etwas zu sagen oder zu thun, was ihm zuwider sei.

Als der Graf Artus mit ihr zusammen kam, sagte er zu ihr: „Johanna, man hat mir gesagt, Ihr hättet gegen mich kämpfen wollen. Ich weiß nicht, ob Ihr von Gott seid, oder nicht. Seid Ihr von Gott, so fürchte ich

Euch nicht, denn Gott kennt meinen guten Willen; seid Ihr vom Teufel, so fürchte ich Euch noch weniger."

Gleich am nächsten Tage ergab sich auch die Besatzung von Baugenci, zugleich kam ein neuer Bote mit der Nachricht vom Abzug des Feindes. „O", rief da die Jungfrau dem Grafen Artus zu, „Ihr seid zwar nicht um meinetwillen angelangt, weil Ihr aber doch einmal hier seid, so seid uns willkommen."

Der Herzog von Alencon ließ das Heer in Schlachtordnung aufstellen, dann fragte er die Jungfrau, was man nun weiter beginnen solle. „Habt Ihr alle gute Sporen?" versetzte Johanna lakonisch. „Sollen wir denn dem Feinde den Rücken zeigen?" rief die Versammlung. „Nein", erwiederte Johanna, „aber Ihr werdet die Sporen gebrauchen, um den Engländern nachzujagen, wenn sie das Feld räumen!" „Dieser Sieg wird dem königlichen Heere nur wenig Blut kosten!" setzte sie hiezu.

Bald zogen die Engländer, von Talbot, Scales und Fastolf angeführt, heran. Es waren ungefähr viertausend Mann.

„Brecht nur getrost auf sie ein" — rief Johanna, als ihr dies gemeldet ward — „sie werden sich nicht lange besinnen, vor Euch zu fliehen!"

Jetzt begannen die Hauptleute den Angriff vorzubereiten; ohne ihn jedoch abzuwarten, wich der Feind zurück, weil er gedachte, den Brückenkopf von Meun vor Ankunft der französischen Armee rasch zu nehmen. Die Franzosen aber folgten sogleich, und die Engländer zogen in die Stadt Meun selbst ein, wie es schien, um sich dort zu befestigen. Bald indeß verließen sie Meun wieder und begaben sich nach Jauville in der Beauce.

Als im königlichen Heere der Abmarsch des Feindes bekannt wurde, hielt Mancher das Tagewerk für gethan, auch hatten die Meisten, die sich an Azincourt erinnerten, keine besondere Neigung, sich mit den Engländern in offenem Felde zu messen. Die Jungfrau aber hielt den Moment für eine entscheidende Schlacht geeignet und trieb die Uebrigen mit heldenhaftem Ungestüm an. „Nur kühn vorgerückt!" — rief sie — „Zweifelt nicht, wir werden sie bezwingen. Und hingen sie in den Wolken, wir faßten sie! Der König wird heute den größten Sieg erhalten seit langer Zeit her, und meine Berathung verkündigt mir, daß sie Alle in unsere Hand gegeben sind." Noch immer schwankte und zweifelte man.

Jetzt war Graf Artus der Erste, der sein Banner fliegen ließ und vorrückte. Nun folgte Alles und Jeder suchte durch übertriebenen Eifer sein Zögern wieder gut zu machen. Aber der Feind hatte einen bedeutenden Vorsprung und schon hatte man ihn fünf Stunden verfolgt, ohne ihn zu treffen.

Allgemeiner Mißmuth entstand, man fürchtete, eine falsche Richtung eingeschlagen zu haben, und nichts ist so verdrießlich, als wenn das Feuer umsonst in allen Adern aufgelodert ist. Da sprang plötzlich vor den Leuten ein junger Hirsch aus dem Dickicht auf und rannte gegen Nordwest in's Gehölz. Ein lautes Halloh begrüßte das scheue Thier, und man merkte schnell an der Vielheit der Stimmen, daß es nicht von einigen lustigen Jägern, sondern von den Engländern ausgestoßen ward. Man folgte der Richtung, woher das Gelärm drang und sah sich dafür sogleich belohnt, indem man die Nachhut des Feindes, die, die drohende Gefahr nicht ahnend, sich in sorgloser Lustigkeit erging, erblickte. Au=

genblicklich konzentrirte sich das französische Heer, so weit es die Oertlichkeit gestattete.

Lange hatten die Engländer nichts gemerkt. Fastolf hatte von vorne herein gerathen, sich einstweilen mit der Besitznahme einiger Plätze zu begnügen und die siegestrunkenen Gegner nicht herauszufordern.

Talbot dagegen meinte, ein Feldherr müsse Nichts von Rücksichten wissen, und wenn die eine Armee schlagen wolle, so müsse die andere sich finden lassen.

Endlich kamen die Franzosen so nahe, daß sie nicht länger unbemerkt bleiben konnten.

Nun stellten die Engländer sich auf, zwischen Hecken und Gebüschen, in der Nähe des Dorfes Patey. Gern hätten sie sich verschanzt oder doch umhegt, dazu war aber keine Zeit mehr.

Die französische Vorhut, la Hire und Xaintrailles an der Spitze, drang wüthend ein.

Fastolf wollte lieber ein schlechter Soldat, als ein schlechter Prophet sein; er hatte vorher verkündigt, daß die Engländer gegen die Franzosen nicht bestehen könnten und um seine Prophezeiung wahr zu machen, brauchte er sich blos auf die Flucht zu begeben. Dies that er denn auch, ohne sich zu bedenken, und seine Truppen folgten ihm. Ein gräßliches Gemetzel entstand, von den Franzosen fand nur ein Einziger den Tod, die Engländer wurden abgeschlachtet, wie eine Heerde, die keinen Widerstand leisten kann.

Talbot mußte zähneknirschend vor Xaintrailles oder einem seiner Bogenschützen die Waffen strecken.

Auf der Flucht erlitten die Engländer noch den größten Verlust, vorzüglich deshalb, weil die Stadt Jauville, in die sie sich retten wollten, ihnen ihre Thore verschloß. Man sagt den Bürgern nach, sie hätten dies aus schändlichem Eigennutz mehr, wie aus loyalem Patriotismus gethan, sie hätten nämlich die ihnen von vielen der Engländer beim Auszug anvertrauten Gelder und Kostbarkeiten nicht wieder herauszugeben gewünscht.

Fastolf begab sich zum Herzog von Bedford nach Paris. War er der Letzte unter den Streitern gewesen, so konnte er doch auch immer der Erste unter den Unglücksboten werden. Höchst ungnädig ward er empfangen und verlor den Hosenbandorden. Was that's! hatte er doch sein Leben behalten und dies war noch lang genug, um den Orden durch Dienstleitungen bei Hofe wieder zu gewinnen, was ihm später auch wirklich gelang.

Als Talbot vor die Jungfrau und den Herzog von Alencon geführt ward, redete der Herzog ihn höhnisch an: „Wie nun, Sir? Ihr dachtet's wohl heut Morgen nicht, daß es so mit Euch kommen sollte?" „Kriegsglück!" entgegnete ruhig und groß der gefangene Held, und besiegte so den in diesem Augenblicke kleinlichen Sieger.

Die Jungfrau war, wie im Kampf ein Mann, nach demselben, als sie über das Schlachtfeld dahin zog, nicht weniger ganz ein Weib. Sie ließ das Schwert sinken, um mit zitternder Hand und weinenden Augen Wunden zu verbinden. O, wie schön, wenn der in allen Tiefen seines Wesens aufgeregte Mensch so schnell sich selbst wieder zu finden weiß.

Die Niederlage von Patey verbreitete in Paris Schrecken und Bestürzung. Es heißt, daß in der von dem Herzog von Bedford abgehaltenen Rathsversammlung sogar geweint worden sei. Es wurde beschlossen, an den Herzog von Burgund, den man, wie wir berichteten, früher fast wegwerfend behandelt hatte, eine feierliche

Botschaft zu senden und ihn um Rath und That anzusprechen. Herzog Philipp, mild von Natur und das, was seine Widersacher bereuten oder doch zu bereuen schienen, gern vergessend und vergebend, nahm die Gesandten freundlich auf und versprach bald mit Hilfe in Paris zu erscheinen.

In England hatte der Kardinal von Winchester für einen Kreuzzug ein Heer gesammelt. Der Herzog von Bedford wußte es dahin zu bringen, daß dieses Heer eine andere Bestimmung erhielt, daß es beordert ward, nach Frankreich zu ziehen, um ihm Beistand zu leisten.

Die Franzosen nutzten inzwischen den Sieg wie sie konnten. Sie nahmen mehrere kleine Plätze an der Beauce fast ohne Widerstand ein. Der Connetable, Graf Artus, war der thätigste von Allen.

Da auf einmal wiederholte der König seinen strengen Befehl, daß er abziehen solle. „Er wolle lieber ungekrönt bleiben, als in seiner Anwesenheit die Krönung empfangen."

Artus, im Begriff, aus den Blumen des Sieges sich einen Kranz zu flechten, ließ sich jetzt zu Bitten und Demüthigungen herab. Umsonst! Karl wollte zum ersten Male beharrlich, denn er wollte das Verkehrte. Der Graf verweilte, noch immer auf Vermittlung hoffend, bei Orleans.

Hiedurch ließ der König sich abhalten, diese getreueste der Städte, deren Bürger doch wohl Gruß und Dank verdient hätten, zu besuchen, als er in ihre Nähe kam. Er schlug seinen Hofhalt in Sully auf. Dorthin kam Johanna mit den Hauptleuten.

Xaintrailles bat um die Erlaubniß, den tapfern Talbot ohne Lösegeld in Freiheit setzen zu dürfen, was der König bewilligte.

Johanna suchte den König mit dem Connetable auszusöhnen. Es gelang ihr nicht, Karl war ja nicht mehr ein Bettler; der Eigensinn, dieser elende Stab, auf den die Charakterlosigkeit, die sich ihrer selbst schämt, sich gern stützt, erlaubte ihm nicht länger, vernünftigen Vorstellungen Gehör zu geben.

Die Jungfrau, erkennend, daß der Herzog von Burgund jetzt das Gewicht sei, das, in welche Wagschale es auch geworfen werde, sie sinken machen müsse, erließ an diesen ein demüthiges Schreiben, worin sie ihn ermahnte, unter das Banner seines Herrn und Königs zurückzukehren. Aber in vollen drei Wochen erhielt sie so wenig Antwort, als auch nur irgend Nachricht über den von ihr gesendeten Herold. Sie war in dieser Zeit meistentheils in Orleans, hielt Heerschau über die Truppen und that Alles, was in ihren Kräften stand, um den Zug nach Rheims vorzubereiten.

Am 28. Juni 1429 brach Johanna mit ihren Reisigen auf, am 29. Juni folgte ihr der König, von all seinen Getreuen umgeben.

Das Unternehmen war übrigens der Art, daß nur die Begeisterung es leicht finden konnte. Rheims, so wie alle Städte und Burgen in der Picardie, Champagne, Isle de France, Brie, Gastinois und Auxerre standen noch fortwährend unter englischer Botmäßigkeit. An achtzig Stunden waren zurückzulegen und das Heer war so wenig wohl versorgt, als gut bezahlt. Aber die Jungfrau hatte schon so viel gethan, daß an dem guten Fortgang und der glücklichen Vollendung des Angefangenen Niemand mehr zu zweifeln wagte.

Zuerst rückte der König vor Auxerre. Die Stadt verschloß ihm die Thore. Johanna und mit ihr viele

Befehlshaber riethen zum Sturm, Karl jedoch bewilligte den Abgeordneten der Stadt für einige Lieferungen die Neutralität bis zu dem Tage, wo Troyes, Chalons und Rheims sich erklären würden, deren Beschluß sich Auxerre dann auch fügen wolle und solle.

Johanna tadelte es sehr, daß Karl mit den ersten aufsäſſigen Unterthanen, die seiner Person offenen Wi= derstand entgegensetzten, sich in so unkönigliche Verhand= lungen einließ und dadurch das ganze große Unternehmen gleichsam mit eigener Hand brandmarkte. Die Stadt St. Florentin unterwarf sich unweigerlich, Troyes aber bot Trotz. Als die Franzosen herannahten, fielen 600 Engländer und Burgunder gegen sie aus, die sich indeß in Unordnung zurückziehen mußten. Nun lagerte sich das königliche Heer rings um die Stadt und schnitt ihr die Zufuhr ab. Doch drinnen gab es an Lebens= mitteln weit mehr, als draußen, und während die Belagerten von Wohlsein glänzten, kamen die Belagerer bald so weit herunter, daß sie Gespenstern glichen, und Jenen zum Spott dienten, statt ihnen Furcht und Schrecken einzuflößen. Ein Paar ergiebige Bohnenfelder, die man endlich entdeckte, entfernten den Hunger wieder auf eine Zeit lang, hielten jedoch, wie sich von selbst versteht, nicht sehr lange vor.

Nun berief Karl abermals einen Kriegsrath und zwar ohne die Jungfrau, da er sehr wünschte, daß der Rückzug beschlossen werden möchte. Die Meisten sprachen sich in seinem Sinne aus; endlich kam die Reihe an Robert la Masson, einen alten, ehrwürdigen Greis. Das Alter war diesmal dazu bestimmt, die Jugend zu beschämen; er erklärte: über einen so wichtigen Punkt müſſe man sich mit Johanna bereden; da sie den Zug angerathen habe, so werde sie auch wohl wissen, wie er fortzusetzen sei. „Als der König — sagte er — die Fahrt beschloß und antrat, geschah das nicht, weil etwa eine Menge von Wappnern ihn damals umgeben hätte, oder weil große Geldsummen zur Soldzahlung bereit gewesen wären, oder sonst um anscheinender Leichtigkeit der Reise willen, es geschah, weil die Jungfrau uns den Beistand des Höchsten versprach. Spricht nun Johanna dasselbe, was Ihr Alle sprecht, so will auch ich mich der Gesammtmeinung fügen, und den Rath, daß der König und sein Heer sich zurückwenden müssen, für den besten erachten." Der Streit war sehr lebhaft geworden, da klopfte Johanna an die Thür des Saales und ward eingelassen. Sie neigte sich vor dem König. Der Reichskanzler erhob nun auch gegen sie seine Klagen über die Noth und die Sorge des Augenblickes, dann forderte er sie auf, zu reden. „Wird man mir glauben, wenn ich spreche?" fragte sie mit leuchtenden Augen den König. „Das weiß ich nicht", erwiederte Karl — „wenn Ihr Vernünftiges und Nützliches vorbringt, so will ich Euch gern vertrauen." „Wird man mir glauben?" — fragte sie zum zweitenmal. „Ja" — versetzte der König — „aber es kommt darauf an, wie Ihr reden werdet." „Edler Herr" — sagte sie nun — „gebietet Euerem Heere vorzurücken, haltet nicht mehr so lange Berathschlagungen, sondern belagert die Stadt. Denn im Namen Gottes, ehe drei Tage vergehen, werde ich Euch in Troyes hinein führen, sei es nun gütlich oder durch Gewalt, und groß wird die Bestürzung des falschen Burgund sein."

„Johanna" — erwiederte der offizielle Repräsentant des Zweifels, der Kanzler — „wären wir gewiß, daß die Stadt in sechs Tagen unser würde, wir wollten gern warten, aber wer weiß, ob Ihr Wahrheit gesprochen habt!"

„Zweifelt nicht" — rief Johanna — „morgen werdet Ihr Herr der Stadt sein!" Sie bestieg nun ihr Roß, ergriff ihre Fahne und führte die Krieger zu dem Graben der aufrührerischen Stadt. Ritter und Knappen, Alle ohne Unterschied, mußten Reisigbündel, Balken, Thüren, Fenster und was sich sonst auftreiben ließ, herbei schleppen, um die Gräben zu füllen und die Schutzdächer und Schanzen zum Sturm aufzuführen. Die ganze Nacht hindurch betrieb sie die Zurüstungen, so daß Dunois ihr später das Zeugniß gab, kein Kriegsmann habe so viel, geschweige mehr, zu thun vermocht. Gleich am Morgen ließ sie zum Sturm blasen.

Als aber die Bürger von Troyes die schmetternden Trompeten, die sie dräuend an die Trompeten des Weltgerichtes mahnten, vernahmen, als sie die Jungfrau mit ihrem wehenden Banner erblickten, da entsank ihnen der Muth zum Kampf, sie erinnerten sich, daß ihre Sache keine gerechte sei, sie entschlossen sich zur Unterwerfung.

Eine zahlreiche Gesandtschaft, aus den vornehmsten Hauptleuten und Bürgern bestehend, der Bischof an der Spitze, zog in's Lager und ward von dem König mit Milde und Freundlichkeit aufgenommen. Er sicherte der Stadt völlige Amnestie zu und vergönnte den Engländern und Burgundern ungehinderten Abzug mit Hab und Gut; er vergaß, und dies gereicht ihm zur Ehre, daß er gerade in den Mauern von Troyes vor acht Jahren durch seine Mutter des Thrones verlustig erklärt worden war und daß die Bürgerschaft eine bedeutende Niederlage seines Heeres durch ein jährliches Fest gefeiert hatte.

Als die Besatzung abzog, gefiel es ihnen, auch die gefangenen Franzosen mit zu ihrem „Hab und Gut" zu rechnen.

Johanna, am Thor stehend und diese Frechheit bemerkend, rief mit lauter Stimme aus: „Die sollen nimmermehr mit!"

Die fremden Soldaten wollten aber nicht von ihrer lebendigen Kriegsbeute ablassen, und Karl, um dem Hader ein Ende zu machen, löste die Gefangenen ein.

Am 10. Juli wollte der König seinen Einzug in Troyes halten. Johanna eilt ihm voraus und ordnete den Zug.

Mit vieler Pracht und Herrlichkeit zog Karl in Troyes ein. Johanna hielt dort ein Kind zur Taufe.

Chalons war die nächste Stadt, die der König auf seiner Fahrt berührte. Die Einwohner kamen ihm entgegen und huldigten ihm.

Hier war Johanna ihrer eigenen Heimat nicht mehr fern und erlebte die Freude, vier ihrer Landsleute zu sehen und zu sprechen. Einer von diesen fragte sie, ob sie sich vor all' den großen Gefahren und blutigen Schlachten denn nicht fürchte. Sie erwiederte: „Ich fürchte Nichts, als den Verrath!"

Karl näherte sich Rheims immer mehr, immer größer ward aber seine Zaghaftigkeit.

Johanna ermunterte ihn, wie sie konnte. „Zweifelt doch nicht" — rief sie ihm zu, als er über seinen Mangel an Geschütz und Kriegsmaschinen klagte. — „Die Bürger von Rheims werden Euch die Huldigung entgegen bringen. Bevor Ihr der Stadt noch nahe kommt, werden die Einwohner sich auch ergeben. Schreitet vorwärts, seid kühn und sorgenfrei! Denn, wenn Ihr

Euch nur mannhaft erweist, so werdet Ihr Euer ganzes Königreich gewinnen."

Endlich erblickte der König die Thürme von Rheims. Eine Stunde vor der Stadt hielt er an und schlug im Schloße Sept-Saulx sein Hauptquartier auf. Die Kunde von seiner Nähe beunruhigte in Rheims sowohl die Garnison als die Bürgerschaft. Jene fühlten sich zu schwach, den Platz zu halten und doch war es schimpflich, ohne Schwertstreich abzuziehen.

Der englische Befehlshaber, Herr von Chatillon sur Marne, berief eine Versammlung der Bürger und fragte sie, ob sie guten Muthes seien, sich zu wehren.

Die Bürger fragten dagegen, ob die Kriegsleute glaubten, die Stadt behaupten zu können.

Die Antwort war verneinend, aber der Befehlshaber versprach, für den Fall, daß die Bürgerschaft sich etwa sechs Wochen vertheidige, Entsatz.

Die Bürgerschaft gab keine bestimmte Erklärung und die Besatzung zog ab, ohne zu wissen, ob jene dem Karl Widerstand leisten wolle oder nicht.

Kaum jedoch waren die Engländer und Burgunder fort, als die Stadt dem König durch Gesandte weltlichen und geistlichen Standes ihre Schlüssel zu Füßen legen ließ.

Abends zog der König in Rheims ein; alle seine Ritter und Helden begleiteten ihn, aber kein Einziger zog so viel Aufmerksamkeit auf sich, als Johanna, die wunderbare Hirtin.

Nun wurde, ganz dem uralten Herkommen gemäß, die Krönung vollzogen.

Am Vorabend vor der Feier bestieg der König mit den Großen seines Reiches ein Gerüst in der Kirche und zeigte sich dem versammelten Volke. Am Morgen begaben sich vier Pairs zu der Abtei von St. Remigius und baten um die Lampe mit dem heiligen Oel. Nachdem dieses unter den üblichen Ceremonien in die Domkirche gebracht worden war, erschien der König mit den Reichsfürsten, ging zum Altar und kniete nieder.

An der Spitze der Geistlichkeit trat der Bischof vor ihn hin und sprach zu ihm: „Wir fordern Dich auf, zu geloben, daß Du uns und den uns anvertrauten Kirchen ihr kanonisches Vorrecht, das schuldige Recht und Gerechtigkeit bewahren und vertheidigen wollest, wie es die Pflicht eines Königs in seinem Reich gegen jeden Bischof und die ihm anvertraute Kirche erheischt."

Der König erwiederte hierauf: „Im Begriff, durch Gottes Gnade zu einem König von Frankreich gesetzt zu werden, gelobe ich vor Gott und seinen Heiligen an dem Tage meiner Weihe, daß ich das kanonische Vorrecht, Recht und Gerechtigkeit, gegen einen Jeden von Euch Prälaten bewahren und Euch beschirmen werde nach meiner Macht, mit Gottes Hilfe, wie von Rechtswegen ein König in seinem Reich jeden Bischof und die ihm anvertraute Kirche beschirmen soll. Ich verspreche in Jesu Christi Namen dem mir untergebenen christlichen Volke folgende Dinge: Erstens, daß ich alles christliche Volk der Kirche bewahren werde und den wahren Frieden, alle Zeit, nach Eurem Rath. Desgleichen, daß ich es schützen werde vor allem Raub und vor jeder Ungerechtigkeit. Desgleichen, daß ich bei allen Urtheilen Billigkeit und Barmherzigkeit empfehlen werde, damit der milde und barmherzige Gott mir und Euch seine Barmherzigkeit gewähre. Desgleichen, daß ich nach rechter Treue, nach meinem Vermögen, mich bestreben will, alle von der Kirche erklärten Irrgläubigen aus meinem Lande und meiner Gerichtsbarkeit zu verbannen. Alle diese Dinge gelobe ich eidlich."

Hierauf schlug der Herzog von Alencon ihn zum Ritter. Dann hielten zwei der anwesenden Pairs zum Zeichen der Krönung die Krone über sein Haupt. Endlich trat der Erzbischof hinzu und salbte ihn.

Jetzt nahte sich auch Johanna, kniete vor dem König nieder und sagte unter strömenden Thränen: „Edler König, nun ist der Wille Gottes erfüllt, der gewollt hat, daß ich Orleans befreite und Euch zu Euerer Krönung in die heilige Stadt Rheims führte, damit offenbar würde, daß Ihr der wahre König seid, und Derjenige, dem die Krone Frankreichs von Rechtswegen gebührt." Jeder, der sie sah und hörte, ward von ihren Worten und ihren Thränen erschüttert. Sie blieb sich in ihrer Demuth immer gleich; „was ich gethan habe" — sprach sie — „war nur ein Dieneramt." Auch ihr Vater und ihr ältester Bruder wohnten der Festlichkeit bei, was für das Mädchen gewiß eine große Freude war.

Zum Beschluß des Ganzen verrichtete der König am dritten Tage die vorschriftmäßige Wallfahrt nach dem Grabe des heiligen Markulf.

In stiller Nacht aber vollendete Johanna ihr edles Werk, indem sie einen Mahnbrief an den tapfern Herzog von Burgund sandte, und ihn mit rührenden Worten bat, sich mit Frankreich zu versöhnen.

Die Krönung König Karls des Siebenten war vollbracht und Johanna's Sendung hatte ihre Endschaft erreicht. Dringend ersuchte sie deshalb den König, sie jetzt wieder heimziehen zu lassen zu dem Herde ihres

Vaters. Aber er, mit sammt seinen Fürsten, fürchtete, daß er der Jungfrau nur zugleich mit seinem Glück den Abschied geben könne, und ermahnte sie zum Bleiben. Sie wagte nicht, sich wider sein Gebot aufzulehnen, sie verharrte an seiner Seite und folgte ihm, wohin er winkte.

Dies stille, entsagende Zurücktreten in den Kreis, den sie nur durch den Geist des Herrn verlassen hatte, hätte den König rühren, er hätte sie und ihren stillen Schmerz ehren und sie den Ihren zurückgeben sollen, um sie dem dunklen Schicksal, das sie, nun der himmlische Schutz von ihr gewichen war, über kurz oder lang ereilen mußte, zu entziehen. Er that es nicht, er zog es vor, die Siegesgöttin, die es sich in ihrer Demuth gefallen ließ, zur gemeinen Kriegerin zu erniedrigen.

Von Rheims aus rückte der König allmälig auf Paris los. Lyon und Soisson sandten ihm ihre Schlüssel entgegen.

Sehr bald ergab sich die Veste Chateau-Thierry, die überhaupt kaum Miene machte, als ob sie Widerstand leisten wollte.

In Chateau-Thierry trat Johanna den König zum ersten Mal mit einer Bitte an, die nicht auf sein eigenes Bestes abzielte. Sie ersuchte ihn um Steuer- und Abgabenfreiheit für ihren Geburtsort Domremy und das Dörfchen Greux.

Gerne gewährte Karl den bescheidenen Wunsch, und bis zum Tode Ludwigs des Dreizehnten blieben beide Orte von allen Lasten verschont.

Von Chateau-Thierry zog Karl nach der Provence. Hier hielt er sich eine volle Woche auf, seinen Zug nach Paris bei weitem nicht genug beschleunigend.

In der verrätherischen Hauptstadt wurde die Bestürzung übrigens sehr groß, besonders, weil sich zu Anfang der Herzog von Bedford nicht in ihren Mauern befand. Doch kehrte dieser bald zurück, vereinigte sein Heer mit dem des zu seiner Unterstützung eingetroffenen Kardinals von Winchester und sandte an „Karl von Valois" von Montereau aus einen Fehdebrief.

„Dein Herr wird wenig Mühe haben, mich zu finden" — sagte Karl zu dem Ueberbringer — „ich bin es ja gerade, der ihn sucht."

Der König wartete einen ganzen Tag auf dem Schlachtfelde; da aber der Herzog von Bedford nicht erschien, entschloß er sich — zum Rückzug. Glücklicherweise wurde ihm der Rückweg versperrt, und er mußte zur Freude seiner Helden wieder vorwärts ziehen. Alles unterwarf sich ihm, mit Jubelruf und mit Jauchzen empfing ihn das Volk. Aber mehr fast noch, wie er, war Johanna der Gegenstand allgemeiner Aufmerksamkeit und allgemeiner Freude. In süße Thränen brach sie aus, als sie all die Zeichen der Liebe sah.

Von drei Seiten hatte sich dem König Karl das Land rings um Paris unterworfen; als er nun aber gegen die vierte Seite, gegen die Normandie und die Picardie zu ziehen gedachte, verlegte ihm der Herzog von Bedford bis Senlins den Weg. Aber Bedford hatte sich hinter Gräben und Pallisaden verschanzt, und es kam zu keiner ernsten, entscheidenden Schlacht, nur zu einem blutigen Turnier zwischen der englischen und französischen Ritterschaft.

Vorher hatten sich dem König schon die Städte Compiègne und Beauvais ergeben, letztere trotz der äußersten Anstrengung ihres Bischofes, sie in englischem Gehorsam zu erhalten.

Der Bischof wurde von den Bürgern schmählich von hinnen gejagt, ein Unglück für Johanna, gegen die er einen grimmigen Haß faßte und als deren ärgster Verfolger er später auftrat.

Von Senlins rückte der König weiter gegen Paris vor und viele Städte und Burgen unterwarfen sich ihm.

Mit Paris waren heimliche Unterhandlungen angeknüpft und Karl hoffte, die Hauptstadt werde sich für ihn erklären, wenn er vor ihren Thoren erscheine. Aber die Schlüssel von Paris wurden ihm nicht gebracht und seine langwierigen Rathsversammlungen, in denen fast niemals ein männlich-kühner Entschluß gefaßt ward, nahmen auf's Neue ihren Anfang.

Johanna mischte sich nicht hinein, Gott sprach nicht mehr durch ihren Mund und sie selbst verstattete sich kein Wort. Aber er, der sie einst aus Allen ihres Geschlechtes zum Außerordentlichsten auserkoren hatte, gab ihr jetzt öffentlich ein warnendes Zeichen, daß es mit ihrer Sendung vorbei sei. Als sie ein sündiges Weibsbild, das, trotz des Abscheues, den sie vor leichtfertigen Dirnen empfand, und trotz des ergangenen strengen Befehles sich in ihre Nähe wagte, mit ihrem Schwerte schlug, zersprang das letztere, als ob es von Glas wäre. Sie empfand Reue über ihren zu lebhaft aufgeloderten Zorn, aber auch Schauder und Angst vor der Bedeutung des dunklen Ereignisses.

Die Waffenschmiede, denen man die zerbrochene Klinge übergab, erklärten es für unmöglich, sie wieder zusammen zu fügen.

König und Heer wurden niedergeschlagen, als sie dies hörten; dennoch wurde Johanna nicht entlassen.

Karl lag vor Paris, ein wohlgeordneter starker Angriff zur rechten Zeit hätte leicht den günstigsten Erfolg haben können. Aber er zog es vor, die Bürger mit Briefen, statt mit Kugeln zu bombardiren.

Der Schrecken stirbt eben so schnell, wie er geboren wird; hatte man Anfangs vor dem Grimm des Königs in der Stadt gezittert, so fing man, nun man ihn so unschlüssig zaudern sah, an, ihn zu verspotten.

Endlich, endlich, da es viel zu spät war, entschloß man sich zum Ernst. Johanna wollte, ihre Mißbilligung offen zu erkennen gebend, in Saint Denis zurückbleiben. Man zwang sie jedoch, mit zu ziehen, und sie gab sich darein.

Am 8. September zog man nach der Abendseite der Stadt, ordnete die Schaaren, ließ das Geschütz aufführen und eröffnete ein starkes Feuer. An Muth und Tapferkeit ließen die königlichen Ritter und Reisigen es nicht fehlen, am wenigsten Johanna, die die Gefahr aufsuchte, statt zu fliehen. „Ergebt die Stadt an den König von Frankreich!" rief sie, auf dem schmalen Bord zwischen beiden Festungsgräben stehend, der Besatzung zu. „Wir wollen sehen, Landläuferin!" antwortete von der Zinne ein Schütze und schnellte einen Pfeil auf sie ab, der ihr den Schenkel durchbohrte. Ein zweiter Schuß tödtete ihren Fahnenträger, als dieser sich eben bückte, um den Pfeil aus der Wunde zu ziehen. Johanna stand noch, so lange sie stehen konnte, dann legte sie sich in den trockenen Graben; zum Weichen war sie nicht zu bringen. Sie sah die erste Niederlage des Königs, ihr Schmerz war grenzenlos. Spät am Abend ließ der Herzog von Alencon sie forttragen. Es heißt, die Geschwader hätten, als sie ohnmächtig und kraftlos erblickten, ihr rohe Schmähun

zugerufen. Schneller Rückzug des königlichen Heeres nach la Vilette war die Folge des Tages; wenig Kriegsgeräth, aber viele Todte ließ man vor den Mauern von Paris.

Am nächsten Morgen bat Johanna den König noch einmal, ihr die Heimkehr zu ihren Eltern zu verstatten. Der Blick in ihr bleiches Angesicht rührte sein Herz, er zollte ihr Lobsprüche auf Lobsprüche, aber ihren Wunsch gewährte er nicht. Als es sein Wohl galt, da setzte sie seinen Worten und Befehlen nicht selten offenen Widerstand entgegen; nun es blos ihr Wohl, ihren Frieden galt, that sie dies nicht, dazu war sie zu sehr Weib, auf=

opferndes Weib. Aber fest und unwiderruflich entschloß
sie sich, ihre Waffen als Weihegeschenk vor dem höchsten
Waltenden niederzulegen. Vor dem Hauptaltare in der
Kirche zu Saint Denis kniete sie hin und brachte aus
der Fülle ihres tiefbewegten Herzens Gott und allen
Heiligen den Dank dar für das Herrliche, was sie aus=
gerichtet hatte. Dann stellte sie ihre Waffen vor dem
Schrein auf, der die Reliquien des Schutzheiligen von
Frankreich bewahrt, ihren silbernen Harnisch und das
neue Schwert, das, wie es heißt, am Tage zuvor im
Sturm vor Paris von ihr erbeutet worden war. König
Karl und alle Fürsten waren Zeugen der feierlich=erschüt=
ternden Handlung.

Das königliche Heer ward hierauf nach der Loire
zurückgeführt.

Als Karl Gien wieder erreichte, zog er, als ob er
als Sieger käme, in stolzem Triumph ein. Johanna war
ihm, wie ein geschmücktes Lamm, zur Seite.

Inzwischen waren die Verhandlungen mit dem Herzog
von Burgund vorwärts gegangen und hatten einstweilen
einen Waffenstillstand zur Folge gehabt. Der Herzog
versprach dem König die Hauptstadt zu verschaffen, falls
er des Weges hin und zurück versichert wäre. Der König
bewilligte ihm nicht allein gutes Geleit, sondern gebot
auch, ihm die Städte Compiègne und Port Saint
Maxence einzuräumen; dem Herzog wurde jedoch nur die
letztere Stadt übergeben, während der Befehlshaber der
ersteren, Wilhelm von Flavy, den Burgundern, aus
Patriotismus, wie er vorgab, die Thore verschloß.

Der Herzog von Bedford kam wieder nach Paris,
vertrieb die Besatzung von Saint Denis, die ihm ihrer
Schwäche wegen nicht zu widerstehen vermochte, und rächte

sich an der Stadt für ihren Abfall durch Plünderung und Zerstörung der königlichen Grüfte. Ein Angriff auf Lagny hatte keinen Erfolg, die Schmeicheleien und Aufmerksamkeiten dagegen, die er dem Herzog von Burgund in überreichlichem Maß erwies, um ihn frühere Vernachlässigungen vergessen zu machen, blieben nicht ohne Wirkung. Der Herzog von Burgund kam, durch den mit dem König abgeschlossenen Waffenstillstand geschützt, nach Paris und wurde von Bedford auf das allgemeine Verlangen der Bürger zum Befehlshaber der Stadt ernannt. Dieser Umstand erregte in Karl VII. die lebhaftesten Hoffnungen; er schickte augenblicklich Abgeordnete an den Herzog ab, die mit den Bevollmächtigten des letzteren in Saint Denis zusammen kamen.

Der Herzog von Bedford zog am 17. Oktober nach der Normandie, Herzog Philipp von Burgund gab ihm freundschaftlich bis Saint Denis das Geleit; auffallenderweise verließ aber auch dieser gleich am folgenden Tage zum Erstaunen und Verdruß der Pariser die Stadt, sein Befehlshaberamt dem Herrn von L'Isle Adam übertragend und ihm nur eine geringe Besatzung hinterlassend.

Der junge König Heinrich der Sechste ward inzwischen in London gekrönt, jedoch ohne daß dies zwischen seinen beiden Vormündern die Einigkeit herstellte. Karl der Siebente ward, als er eben von Gien nach Chinon ziehen wollte, plötzlich von seiner Gemahlin, die ihm unerwartet aus Bourges entgegenzog, überrascht. Trotz seines Widerwillens gegen sie, nahm er sie artig auf, vielleicht mit aus Rücksicht gegen Johanna, die der gekränkten Königin die tiefste Ehrerbietung erwies. Zu Mehün sur Yevre ertheilte er der Jungfrau und ihrem ganzen Geschlecht den Adel. Sie selbst hat niemals ein Wappenschild geführt, für ihre Brüder aber bat sie den König um ein solches, und er theilte ihnen ein aufrecht stehendes Schwert zu, auf beiden Seiten von Lilien umgeben. Zu der nämlichen Zeit ließ er eine Denkmünze zu ihrer Ehre schlagen, auf deren Hauptseite sich ihr Bild befand, während auf der Rückseite eine Hand, die ein blankes Schwert hielt, gebildet war, mit der Umschrift: „Consiliis confirmata Dei." Auch einen prächtigen Wappenrock von Goldstoff schenkte er ihr, damit sie ihn über der Rüstung tragen möge. Johanna hielt sich drei Wochen an dem Aufenthaltsort der Königin zu Bourges auf. In ihrer Seele wechselten nur noch Schauer vor ihrer Zukunft mit den glühendsten Gebeten ab. Die Ahnung ihres frühen Heimgangs verließ sie nie. „Wenn ich bald den Tod finden sollte" — sprach sie oft zu ihrem Beichtvater — „so sagt in meinem Namen zu dem König, meinem Herrn, daß er Kapellen erbauen lasse, wo man für Diejenigen zu Gott bete, die in diesen Kriegen für das Beste des Vaterlandes gefallen sind." Den Armen gab sie gern und fleißig, und antwortete, wenn man sie von zu großer Freigebigkeit abzuhalten suchte, sie sei bestimmt, die Bedürftigen zu trösten.

Als einmal abergläubische Frauen Kreuze, Rosenkränze und andere Dinge der Art vor ihr niederlegten und sie baten, sie möchte selbe berühren und ihnen dadurch Wunderkräfte mittheilen, sprach sie lachend zu ihrer Wirthin: „Berührt doch Ihr die Sachen, statt meiner, es thut dieselben Dienste!"

Man faßte jetzt den Beschluß, zunächst die Ufer der Loire von allen englischen Besatzungen zu befreien, und vor Allem die Stadt Saint Pierre la Moutiers zu unterwerfen. Die Jungfrau und der Herr d'Albret empfingen den Auftrag zu dieser Unternehmung. Saint Pierre la Moutiers ward rasch genommen, La Charité widerstand, Couviers in der Normandie wurde durch La Hire unter königliche Botmäßigkeit zurückgebracht. Melün verschloß den Engländern, als diese, nur hundert Mann zurücklassend, auf Streifereien ausgezogen waren, bei ihrer Heimkehr die Thore und nahm die Truppen des Königs ein; ein alter Trompeter, der sein Kriegs= und Siegs=Instrument nicht mehr geblasen hatte, seitdem der Feind sich in den Mauern der Veste befand, that hiebei die besten Dienste, indem er bis zum Zersprengen seiner Brust gewaltige Fanfaren ertönen ließ und in Pausen dazwischen rief: Es lebe der König!

In der Stadt Paris, die von dem Herzog von Burgund über seine Vermählungsfeierlichkeiten ganz außer Acht gelassen ward, bildete sich zu Gunsten Karls ein heimlicher Bund, der leider zu früh entdeckt wurde, viele Hinrichtungen erfolgten, aber es war, als ob das vergossene Blut nur Blumen aus dem Schooß der Erde hervorlockte, so füllereich war der frühe, milde Frühling, der, wie er den Frieden verkündigte, ihn in den Gemüthern, die er zur Versöhnung aufschloß, zugleich vorbereitete.

In der Pfingstwoche erschienen der Jungfrau ihre Heiligen und sagten ihr, daß sie noch vor dem Johannisfeste den Feinden in die Hände fallen werde; es sei unabänderlich beschlossen und sie möge sich mit Ergebung in die bittere Prüfung fügen.

Wer will es dem zarten Mägdlein verargen, daß sie, als sie eine so trübe Eröffnung aus dem Munde der Wahrheit, der keine Zweifel und also auch keine Hoffnung aufkommen ließ, vernahm, zitternd und die Hände faltend niederstürzte und flehentlich um ein schnelles Ende ohne die Schrecken und Leiden eines Kerkers bat. Doch die himmlischen Erscheinungen wiederholten nur ihre Ermahnung zur Ergebung und Geduld; sie zeigten ihr auch nicht die Stunde an, wo ihr Schicksal sich erfüllen sollte, aber sie kamen nun täglich und redeten zu ihr Worte der Erinnerung und Ermunterung. Johanna verschloß in sich ihre Angst und ihren Schmerz, und ganz so, wie sie einst bei ihren Eltern, voll der gewichtigsten Offenbarungen, ihre Geschäfte verrichtet hatte, war sie jetzt, da doch jeder Augenblick sie ihren bittersten Feinden überliefern konnte, treu und emsig, wie immer, im Dienst ihres Königs bemüht.

Der neugekrönte englische König Heinrich VI. kam nach Frankreich. Mit Pomp ward er in Rouen aufgenommen, wo sich Peter Couchon, der vertriebene Bischof von Beauvais, dessen wir schon früher gedachten, zu ihm gesellte. Auch in Paris ward ein Fest veranstaltet, aber das Volk wollte sich dem Jubel nicht hingeben.

Johanna, entschlossen, die noch vergönnte kurze Frist zu nützen, auch wohl die Zeit der peinvollen Erwartung abzukürzen, zog an der Spitze eines kleinen Geschwaders nach Isle de France. Der Herzog von Burgund war jetzt gegen König Karl wieder aktiv, indem er die Belagerung von Choisy an der Oise unternahm. Hiedurch ward Compiègne bedroht und Johanna eilte dorthin. Viele tapfere Ritter folgten ihr, unter Andern Xaintrailles, und bald hatte sie ein Heer von 2000 Mann um sich, dessen Befehligung sie jedoch ganz und gar den Hauptleuten überließ. Auch der Herzog von Burgund zog, nachdem Choisy sich nach mannhaftem Widerstand ergeben hatte, vor Compiègne, jeden Tag sich theils aus seinen eigenen

Ländern, theils durch die Engländer verstärkend. Die Besatzung von Compiègne hielt sich brav, Johanna sammelte außerhalb der Stadt neues Kriegsvolk und brachte es, ohne daß die Feinde es merkten, zur Nachtzeit glücklich hinein. Es war ihre letzte That. Am folgenden Tage rückte sie, Nachmittags um 5 Uhr, an der Spitze von 600 Mann aus, um einige Verschanzungen, welche die Feinde aufwerfen ließen, zu zerstören. Sie war ungewöhnlich geschmückt, ein mit Gold und Silber gestickter purpurner Wappenrock bedeckte ihren Harnisch, ein stolzer Zelter trug sie. In der Hand hielt sie ein schönes Schwert, sie hatte es sich bei Lagny erkämpft. Herrlich leuchtete sie unter Allen hervor, wie die Sonne, die untergeht, die aber durch ihren schwindenden Glanz noch den hervorbrechenden des Mondes und der Sterne überstrahlend zurückdrängt. Gerade um dieselbe Stunde kam ihr der burgundische Heerführer Johann von Luxemburg auf Kundschaft entgegengeritten. Schnell und unbemerkt zog er sich zurück, die nächste Besatzung unter die Waffen rufend.

Johanna fand nun statt eines unvorbereiteten einen sie erwartenden Feind. Sie zagte nicht und ließ von ihrem Unternehmen nicht ab. Ein Kampf entstand, in dem sie Anfangs Siegerin war. Aber immer mehr englische und burgundische Schaaren eilten herbei. Sie mußte sich zum Rückzug entschließen, und sie selbst war es, die als Hinterste und Letzte den Verfolgern entgegen kämpfend, den Rückzug zu decken suchte.

Immer größer, je näher man der Brücke von Compiègne kam, wurde die Unordnung. Als Johanna das Brückenbollwerk erreichte, war dasselbe schon, der mit eindringenden Feinde halber, gesperrt. Nun suchte sie auf ihrem leichtfüßigen Roß das Freie zu gewinnen. Aber Engländer und Burgunder hatten sie längst zu ihrem Hauptaugenmerk gemacht; ein Bogenschütz aus der Picardie zog sie bei ihrem Wappenrock vom Pferde, und Lionel, genannt der Bastard von Beudome, führte sie gefangen nach Marigny. Hier wurde sie von Johann von Luxemburg, an den Lionel die Kriegsgefangene verkaufte, im strengen Gewahrsam gehalten. Dieses geschah am 23. Mai 1430, fünfzehn Monate nach Johanna's erster Erscheinung vor dem König Karl VII.

Anfangs wurde Johanna behandelt, wie sie es verdiente. Johann von Luxemburg sandte sie nach seinem Schlosse Beaurevoir und stellte sie unter den Schutz und die Aufsicht seiner Gemahlin und seiner Schwester. Diese Damen ließen ihr eine edle Gastfreundschaft angedeihen; da sie wußten, daß man ihr auf der englischen Seite das Tragen von Mannskleidern als ein Hauptverbrechen anrechnen würde, so suchten sie sie zur ungesäumten Ablegung derselben zu bereden, was sie jedoch nicht that.

Vier Monate befand sich Johanna auf diesem Schlosse.

Aber Aufforderung an Aufforderung erging an Johann von Luxemburg, sie auszuliefern. Der ungestümste Eiferer war Peter Couchon, der vertriebene Bischof von Beauvais; auf seinem Grund und Boden — behauptete er — sei sie ergriffen, er sei ihr natürlicher Richter.

Lange war Johann von Luxemburg standhaft; als er zu wanken anfing, erinnerte seine Gemahlin ihn weinend an Ehre und Pflicht, und that zu Gunsten der Unglücklichen vor ihm sogar einen Fußfall.

Böse Gerüchte, ihre Uebergabe an die Engländer betreffend, drangen zu Johanna, mehr noch, wie diese, erschütterte sie die Kunde von der steigenden Noth in der belagerten Stadt Compiègne; als sie zuletzt vernahm, daß bei der Eroberung kein Menschenleben verschont bleiben solle, bemächtigte sich die Verzweiflung ihrer Seele. Nun stürzte sie sich, entschlossen, der Stadt Compiègne zu Hilfe zu eilen, von dem Gipfel des Thurmes, in welchem sie bewahrt wurde, herab, und wurde von den Wachen für todt aufgehoben.

Sie wurde im höchsten Grade niedergeschlagen, als das Bewußtsein ihr wieder zurückkehrte, und genoß in drei Tagen weder Speise noch Trank. Doch die himmlischen Stimmen sprachen ihr Trost zu, sie beichtete und ward wieder ruhig, denn sie ward in ihrem Tiefsten der göttlichen Vergebung versichert. Zu ihrer hohen Freude ward auch Compiègne entsetzt.

Gerade dieser Umstand war es aber, der zu ihrem großen Nachtheil gereichte; bei den Engländern setzte sich nämlich mehr und mehr der Glaube fest, daß, so lange die Jungfrau am Leben sei, sich ihr Mißgeschick nicht wenden würde, und sie bestrebten sich immer lebhafter, sie in ihre Gewalt zu bekommen.

Schon mußte Johanna von Gefängniß zu Gefängniß wandern; als Peter Couchon zuletzt in Person vor dem Herzog von Burgund und Johann von Luxemburg erschien und letzterem im Namen des Herzogs von Bedford für das Mädchen ein Lösegeld, wie man es nur für fürstliche Häupter zu zahlen pflegte, nämlich 10,000 Franken, bot, widerstand der Ritter nicht länger und verkaufte das seiner Obhut anvertraute unschuldige Blut.

Nun wurde Johanna nach Rouen geführt, in einen finstern Kerker geworfen, mit Ketten belastet, vielleicht gar eine Zeitlang in einen eisernen Käfig gesteckt.

Schlimmer aber noch, als Ketten und Kerker, waren ihre Wächter, gemeine Engländer aus der niedrigsten Hefe des Volkes, die sie, wenn sie wachte, mit Zumuthungen der empörendsten Art, mit Reden und Handgreiflichkeiten, für welche die Bildung keine Bezeichnung hat, quälten, und sie, wenn sie schlief, mit dem Schreckensruf, ihre Todesstunde sei da, aus dem Schlaf aufstörten.

In Rouen, wo König Heinrich von England, der ewig Junge, seinen Sitz hatte, ward Peter Couchon, der Bischof von Beauvais, mit der Führung des jetzt gegen Johanna anhängig zu machenden Prozesses beauftragt. Sie sollte und mußte sterben, das war der Grund, weshalb das sogenannte Gericht zusammenkam; die Untersuchung war nichts als die Jagd nach einem Rechtstitel.

Acht Doktoren und Meister der freien Künste, zum Theil von der Universität zu Paris abgeordnet, wohnten den Verhandlungen bei. Am 9. Jänner nahmen sie ihren Anfang.

Als Ankläger fungirte Joseph von Estivet, der von boshaft grausamer Gemüthsart und den Engländern ganz ergeben war; als Vorsitzer und Inquisitor in Abwesenheit des Bischofes Johann Lafontaine, der als gemäßigt und wohlmeinend dargestellt wird. Als Gerichtsschreiber waren Wilhelm Mauchou und Wilhelm Colles anwesend; als Gerichtsbote Johann Massieu, ein Mann, den man als redlich und barmherzig rühmt.

Obgleich die Kirche sie zur Rechenschaft zog, blieb sie fortwährend in arger Folgewidrigkeit dem weltlichen Gericht zur Bewachung überlassen, und man als den Bischof hierauf mißbilligend aufmerksam machte, erklärte er, er müsse aus Rücksicht auf die Engländer so verfahren. Ihre Verhöre waren Treibjagden.

Ohne rechtlichen Beistand, rings umstellt von ergrimmten Feinden mit geladenen Mordgewehren ward das edle, schöne Wesen durch ein Dickicht von verworrenen Fragen dahin getrieben.

„Ihr schreibt Alles auf" — seufzte sie einmal aus tiefster Brust — „was gegen mich zeugt, aber Ihr wollt nichts aufschreiben, was für mich zeugt."

Geradezu bewies sie einst einem Schreiber, daß er das direkte Gegentheil ihrer Aussage zu Papier gebracht habe. Nicht Einem oder Zweien, Allen zugleich sollte sie antworten, denn Alle zugleich durften sie inquiriren.

Die Beisitzer selbst murrten über die schreiende Ungerechtigkeit, aber sie wurden von dem wüthenden Bischof bei ihrem Leben zur Unterwürfigkeit aufgefordert.

Keiner durfte vor Beendigung der Sache Rouen verlassen.

Nikolaus von Hauppeville, der dem Bischof von Beauvais mit Unerschrockenheit die Befugniß, über die Jungfrau zu richten, absprach, wurde, obgleich er nicht aus der Diözese von Rouen war, ins Gefängniß geworfen und mit Verbannung, ja mit dem schmachvollen Tode des Ersäufens bedroht.

Niemand hatte seine Freiheit; ich übergehe all die Dolchstiche und Keulenschläge, womit man über die Verlassene herfiel, mit Stillschweigen.

Aber zuweilen antwortete Johanna auf einen solchen Schlag, wie der Kieselstein, durch einen leuchtenden Funken, der aus ihrer Seele hervorsprang.

Endlich ging man an die Formirung ordentlicher Klage-Artikel.

Man konnte der Jungfrau nur dann an Leib und Leben kommen, wenn es gelang, sie als Hexe und Kirchenabtrünnige hinzustellen, und dies hielt schwer.

Nach dem Glauben der Zeit hatte der Teufel über ein rein-jungfräuliches Wesen keine Gewalt, und Johanna's Jungfräulichkeit war gerichtlich erwiesen.

Durch Zaubermittel konnten, der allgemeinen Annahme gemäß, allerdings Einzelne an Gut und Gesundheit geschädigt werden; daß aber dadurch sich Armeen schlagen, feste Städte erobern und ganze Völker in die Flucht jagen ließen, war im Ernst wohl niemals geglaubt worden.

Aus beiden Gründen, vornämlich aus dem zuerst angeführten, mußte also die Anklage auf Zauberei wegfallen. Die Anklage auf Ketzerei war dagegen eher durchzusetzen.

Man mochte es für leicht halten, ein Mädchen, das nur von Gott und Christus wußte, durch verfängliche Fragen zu ketzerischen Antworten, d. h. zu solchen, die nur mit Vernunft und Natur, aber nicht mit jedem Konzilien-Synodal-Beschluß übereinstimmten, zu verlocken und so durch den Prozeß selbst die Ketzerin fertig zu machen.

Freilich hätte nur das, was vor Johanna's Gefangennehmung sich ereignet hatte, den Gegenstand der Untersuchung abgeben sollen; da dies jedoch nicht ausreichte, so suchte man durch die Verhöre die Sünden, die sich nicht ermitteln ließen, zu erzeugen.

Aber das Gemüth der Jungfrau ahnte die Gefahr stets, wenn sie sich von Weitem nahte, und ihr heller unerschrockener Geist zeigte ihr immer zur rechten Zeit einen Ausweg.

Wenn man bedenkt, wie oft sich die Unschuld durch ihre Vertheidigung selbst in die anscheinende Schuld hinein geredet hat, so wird man dies nicht gering anschlagen und sich freuen, daß es Johanna's Richtern nicht glückte, auch nur den Schein des Rechtes für ihr unerhörtes Verfahren zu usupiren.

Lassen wir jetzt die Klage=Artikel, die von den aus Paris berufenen Doktoren aus den Akten zusammengestellt wurden, auszugsweise folgen. Sie lauten also:

1. Ein Frauenzimmer rühme sich, Erscheinungen von Engeln und Heiligen gehabt zu haben und der Umarmung von Letzteren gewürdigt zu sein. In angeblichem Auftrag dieser Himmelsboten sei sie, ohne Wissen und Willen ihrer Eltern, als siebenzehnjähriges Mädchen in Gemeinschaft mit einer Menge von Soldaten zu einem weltlichen Fürsten gegangen und habe ihm verkündigt, daß er durch ihren Beistand sein verlornes zeitliches Besitzthum wieder gewinnen werde.

2. Sie habe dem besagten weltlichen Fürsten zu ihrer Beglaubigung ein wunderbares Zeichen ertheilt.

3. Sie glaube an ihre Visionen so fest, wie an die Offenbarung unsers ewigen Heiles.

4. Dennoch könne es mit ihren Erscheinungen unmöglich richtig bestellt sein, denn dieselben hätten ihr die Befreiung aus ihrem Gefängniß verheißen und doch würde ihr diese nimmermehr zu Theil werden.—Hierbei ist zu bemerken, daß Johanna sich ihre Rettung allerdings prophezeite, aber wohl weniger auf die Eingebung ihrer Stimmen, die sie mißverstehen mochte, als aus dem Bewußtsein ihrer Unschuld und aus der Ueberzeugung, daß der Himmel sie unmöglich so schmählich untergehen lassen könne.

5. Dies Frauenzimmer trage fortwährend männliche Tracht, auch jetzt noch im Kerker, und leiste lieber auf Messe und Abendmahl Verzicht, als auf ihr nicht geziemende Kleidung des andern Geschlechts.

6. Sie habe Briefe schreiben lassen, über welche sie die Worte Jesus Maria stellen ließ und worin sie Allen, die ihren Befehlen nicht gehorchten, mit dem Tode drohte. Sie selbst werde man an den von ihr geführten Streichen erkennen, denn sie habe das beste Recht vom Herrn des Himmels.

7. Sie sei ihrem Vater, der ihr ausdrücklich verboten habe, mit den Kriegsleuten zu ziehen, ungehorsam gewesen. — Von seiner so bald nach ihrer Entfernung erlangten Verzeihung ward nichts erwähnt.

8. Sie sei vom Thurm zu Beaurevoir herunter gesprungen, um sich zu tödten, wurde geflissentlich hinzugefügt, da doch Johanna mit klaren Worten das Gegentheil ausgesprochen hatte.

9. Sie halte sich ihrer Seligkeit, ihres ewigen Heils gewiß, als ob sie dem gemeinen Los der Sterblichkeit, der Sünde, nicht mehr unterworfen sei.

10. Sie rede von dem höheren Schutz, worunter jener weltliche Fürst stehe, auf eine Weise, die eine fast abgöttische Verehrung desselben voraussetze.

11. Was sie über ihren Umgang mit den Heiligen aussage, sei offenbar Hexen- und Teufelsspiel, gehe vom Aberglauben aus und führe zu Schande und Frevel.

12. Sie sei der Kirche ungehorsam, denn sie wolle sich nur Gott, aber nicht dem geistlichen Gericht unterwerfen.

Man sieht, die Artikel sind aus Lügen und Verdrehungen zusammengesetzt; kein Wunder wäre es ge-

wesen, wenn sie für ein unbedingtes Verdammungs-
urtheil ausgereicht hätten. Doch, dies war nicht einmal
unbestritten der Fall.

Zwar sprachen viele Bischöfe und andere Geistliche,
denen man sie, ohne sie Johanna zuvor mitgetheilt zu
haben, kommunizirte, sich dahin aus, daß die Erscheinungen und Offenbarungen der Jungfrau entweder rein
erdichtet oder doch vom bösen Geist ausgegangen seien,
so wie, daß ihren Behauptungen falsche Lehrsätze und
gotteslästerliche Dinge zu Grunde lägen.

Mancher jedoch enthielt sich der Entscheidung und
deutete darauf hin, daß auch das Unbegreifliche und in
der Geschichte Beispiellose von Gott kommen könne.

Am Einziehen von Gutachten ließ man es übrigens
nicht fehlen, um so weniger, als der Bischof sich an
keines, das seinen Wünschen widersprach, zu kehren gedachte, und als bei der oben von uns beleuchteten Be-
schaffenheit der Artikel für Johanna nicht viel Günstiges
zu erwarten stand.

Vor Allem wandte man sich an das Kapitel von
Rouen und an die Pariser Universität.

Das Kapitel wollte nicht eher sprechen, als bis
die Universität gesprochen hätte; die Universität hätte
sich vielleicht eben so gern auf das Kapitel gestützt, denn
daß es sich um Ehre und Gewissen handelte, sahen die
Herren ein, und bei solchen Gelegenheiten schiebt Einer
gern den Andern vor, vermeinend, der erste Sünder sei
immer der größte.

Plötzlich ward Johanna krank, und zwar sehr
gefährlich. Ihre nächsten Verwandten, ihr Vater und
ihre Mutter hätten an diesem Unfall nicht inniger Theil

nehmen können, als der Bischof Peter Couchon und der Graf von Warwick.

Die beiden berühmtesten Aerzte wurden augenblicklich zu ihr gesandt, die Angst und Besorgniß ward unter den Engländern allgemein.

Nicht um Alles in der Welt wollte man, daß die Jungfrau sterben solle, denn — dann hätte man sie nicht verbrennen können!

Die Aerzte fanden sie in heftigem Fieber und fanden einen Aderlaß nöthig. Aber hiezu wollte Warwick keineswegs seine Einwilligung geben. „Sie steckt voller List" — sagte er — „und könnte sich leicht um's Leben bringen."

Als der Promotor d' Estivet sie auf dem Krankenbett beleidigte und ärgerte, verbot Warwick ihm ernstlich, dies zu wiederholen.

Die Krankheit war hartnäckig, sie selbst mag an ihre nahe Auflösung geglaubt haben. Flehentlich bat sie, alle weltlichen Dinge und Alles, was ihren Prozeß betraf, von sich abwehrend, um die Sakramente und um die Versicherung, daß sie auf geweihtem Grund und Boden begraben werden solle.

Man zeigte sich auch nicht ganz abgeneigt, ihr zu willfahren, man schlug ihr jedoch einen förmlichen Tausch vor; sie sollte sich unbedingt der Kirche ergeben, dann wolle man thun, was möglich sei. Als sie sich hierauf nicht einließ, drohte man ihr, sie völlig wie eine Heidin im Sterben und nach ihrem Tode zu behandeln.

Endlich entwürdigte sich das Domkapitel zu Rouen, um seinen Gönnern und den Machthabern zu gefallen, und erklärte Johanna für eine Ketzerin.

Jetzt ging der Bischof kühner und gerader zu Werke. Bei der nächsten Sitzung bedrohte er sie mit der Tortur und zeigte ihr an, daß die Folterknechte mit ihren Schreckens=Instrumenten bereit stünden.

Uneingeschüchtert und ernst versetzte sie: „Wenn etwa der Schmerz mir unwahre Geständnisse abpressen sollte, so erkläre ich sie in Voraus für nichtig! Der Engel Gabriel" — fuhr sie in ihrer Rede fort — „ist mir jüngst erschienen und hat mich gestärkt. Stets ist Gott der Meister meines Handelns gewesen, und nie hat der Teufel über mein Thun eine Gewalt geübt. Und laßt Ihr mir Glied für Glied vom Leib ausreißen, so kann ich Euch nichts Anderes sagen."

Johann von Castillon war ein Ehrenmann. Der Hauch der Wahrheit wehte ihn an aus Johanna's Worten und sein Herz wurde umgewandelt.

Man stellte an sie eine hinterlistige und ungehörige Frage; er erhob sich und bemerkte, darauf brauche sie nicht zu antworten.

Zornglühend brach der verletzte Bischof in heftige Aeußerungen aus und legte ihm Stillschweigen auf.

Johann von Castillon bemerkte, ein Prozeß, wie er hier geführt werde, sei keiner, und verließ den Sitzungs= saal, um nie wieder dahin zurückzukehren.

Die Richter, die Alles wagten, wagten dennoch nicht, die Tortur wirklich gegen die Jungfrau in An= wendung zu bringen. Vielleicht hielt sie nichts davon ab, als die Furcht, daß sie den Qualen erliegen und so dem Feuertode entgehen möge.

Endlich traf auch das lange mit Sehnsucht erwar= tete Gutachten der Pariser Universität ein. Dieses ge= lehrte Kollegium genoß die höchste Achtung; hatten die

Engländer es für sich, so durften sie zum Aeußersten schreiten, ohne weiteren Anstand zu nehmen.

Die Universität war auch zu keiner Zeit günstig für Johanna gestimmt. Aber auf so unzulängliche, abgerissene Akten-Mittheilungen hin, ein Urtheil, woran vielleicht Leben oder Tod sich knüpften, abzugeben, dazu entschloß man sich nicht leicht, dazu entschloß man sich erst dann, als man mit einigem Grund von Zwang, abseiten des Herzogs von Bedford mittelbar ausgeübt, reden konnte.

Nun ging man denn aber auch so weit, als sich irgend gehen ließ.

Man suchte sich nicht blos, wie man hätte thun können, geschickt aus dem verdrießlichen Handel zu ziehen, affektirte die vollste Ueberzeugung und drückte jedem der zwölf Artikel mit kecker Hand ein rothes Siegel bei. Das Collegium berühmte sich in einem Brief an den König von England, es habe seinen Spruch nur nach reiflichster Ueberlegung gefällt, auch erließ es an den Bischof von Beauvais ein Belobungsschreiben.

Der Ausspruch der Universität ward die Fackel, mit der man ihren Scheiterhaufen entzündete. Nun beschied man Johanna vor das richterliche Tribunal, um ihr endlich die zwölf Artikel vorzulesen. Man hatte beschlossen, gleich hernach, wenn sie sich nicht unterwerfe, zum Urtheil zu schreiten, man fand jedoch nicht für gut, sie über die Bedeutung des Moments aufzuklären, oder ihr auch nur Erläuterungen und Gegenbemerkungen zu gestatten. Polternd und scheltend las der Domkapitular Peter Maurice die Artikel, ohne sich nur ein einziges Mal zu unterbrechen oder unterbrechen zu lassen, ab. Keiner kehrte sich an ihre vorwurfsvollen Blicke, an ihr Kopfschütteln, an ihre einzelnen Ausrufe und verwundernden Laute. Zum Schluß wurde sie befragt, ob sie sich jetzt, und zwar in dem vom Gericht aufgestellten Sinne, der Kirche, das heißt, um es noch einmal zu sagen, dem in Rouen durch ihre Todfeinde repräsentirten Theil der Kirche, unterwerfen wolle.

Johanna blieb beharrlich, sie bezog sich einfach und gemessen auf ihre wirklichen Aussagen und fügte hinzu: „Und wäre ich auch schon verurtheilt, und sähe ich das Feuer bereit, den Scheiterhaufen geschichtet und den Henker fertig, mich hinein zu stoßen, doch würde ich noch im Tode reden, wie ich in den Verhören geredet habe." Auf die Frage: „Habt Ihr noch etwas Weiteres zu sagen?" blieb sie stumm, dann entließ man sie mit der Aufforderung, morgen wieder zu erscheinen, um ihr Urtheil zu vernehmen.

Nun wurde schnell der Spruch gefällt. Man zählte alle Sünden auf, die Johanna nicht begangen hatte, man verwickelte sich selbst jetzt in den Prämissen des Urtheils noch in Widersprüche; dann stieß man sie als ein angestecktes Glied von der Kirche aus und übergab sie der weltlichen Gerechtigkeit, fügte jedoch den heuchlerischen Wunsch hinzu, daß diese nicht zu streng mit ihr verfahren, sie nicht tödten, noch ihre Glieder verstümmeln möge; übrigens faßte man für den Fall, daß sie sich etwa noch unterwürfe, gleich im Voraus noch ein anderes Urtheil ab, worin man lebenslängliche Buße im Gefängniß über sie verhängte. Es lag dem Bischof und den übrigen Beisitzern des Gerichtes sehr daran, sie wankelmüthig zu machen, denn sie mußten wohl, daß das Geständniß des Verurtheilten, und sei es noch so bedingt, ihr Verfahren in den Augen des Volkes mehr, wie alles

Uebrige sanktionirt. Von verschiedenen Seiten ward ihr deshalb in ihrem Gefängniß zugesetzt, namentlich von Johann von Castillon, der es wohl mit ihr meinte und nur noch in der Unterwerfung Rettung für sie sah, und von Peter Maurice.

Am Morgen des 24. Mai ward die Jungfrau Johanna auf den Kirchhof von Saint Ouen geführt. Zwei Gerüste waren errichtet, auf dem einen befand sich der Bischof und der Kardinal von Winchester, auf das andere stieg Meister Wilhelm Erard, bestimmt, eine Predigt zu halten; zu seinen Füßen, ihm gegenüber, von Gerichtsdienern geleitet, ward Johanna gestellt.

Viele Ritter und Geistliche, eine große Menge Volks, darunter auch ein Landsmann Johanna's, waren gegenwärtig. In der Ferne hielt mit einem vierspännigen Wagen der Nachrichter, bereit, das Schlachtopfer in Empfang zu nehmen und nach dem auf dem alten Markt errichteten Scheiterhaufen zu führen.

Der Prediger begann. Zum Text hatte er den Bibelvers gewählt: „Die Rebe kann keine Frucht bringen von ihr selber, sie bleibe denn am Weinstock." Die Auslegung war so, daß Peter Couchon damit zufrieden sein konnte.

Johanna verhielt sich still bei all den Schmähungen und Lästerungen, die der Eiferer gegen sie vorbrachte. Als er aber anhub, gegen ihren König Beleidigungen auszustoßen, als er ihr zurief: „Dein König ist ein Ketzer und Schismatiker, weil er sich mit Dir eingelassen und Dir vertraut hat!" da unterbrach sie ihn heftig: „Sprecht von mir, was Euch gefällt. Aber schweigt vom König. Er ist ein guter Christ. Lasset ihn in Ehren, Herr. Denn ich darf es Euch wohl sagen und es Euch zuschwören, und mein Leben dabei zum Pfande setzen: Er ist der edelste aller Christen, und liebt über Alles die Kirche und den Glauben." Das war Treue bis zum Tode, unwandelbares Festhalten an der Idee, die sie sich von dem Ersten ihres Volkes gemacht hatte, himmelschönes Aufleuchten des Herrlichsten in ihrer Natur. Ungerührt und unergriffen befahl der Bischof ihr zu schweigen. Sie that's und die Predigt ward glücklich zu Ende gebracht. Hierauf übergab Meister Erard dem Johann Massieu ein Papier, mit der Aufforderung, der Beklagten den Inhalt vorzulesen. Zu Johanna selbst sagte er: „Du wirst Deine Irrthümer abschwören und dies Blatt unterzeichnen." Johann Massieu that, was ihm befohlen wurde und überzeugte sich dabei, daß das Blatt nicht über sechs bis acht Zeilen enthielt. Johanna rief laut aus: „Ich berufe mich auf die allgemeine Kirche, die entscheide, ob ich abschwören soll oder nicht." „Du schwörst gleich ab" — entgegnete Erard — „oder Du brennst gleich."

Noch einmal gab sie die feierliche Versicherung, daß sie nichts ohne Gottes Gebot gethan habe. „Wo man mich aber" — setzte sie hiezu — „in Wort oder That schuldig finden mag, erkläre ich, daß nichts davon meinem König oder irgend einem andern Menschen, als mir selbst zur Last fallen kann. Was ich that, habe ich ganz aus mir selbst gethan." Unumwunden sagte sie zuletzt: „Ich unterwerfe mich Gott und dem Papst." „Der ist zu entfernt" — erwiederten schamlos die bösen Richter — und man kann ihn Deinetwegen nicht aufsuchen."

Drei Mal noch forderte man sie jetzt auf. Sie verharrte in rührendem Stillschweigen.

Nun begann der Bischof in eigener Person die Verdammungsakte abzulesen. Sie begann im geraden Gegensatze zu der noch eben öffentlich kund gewordenen Wahrheit; doch man muß sich die blanken Schwerter der Engländer als Hintergrund hiezu denken, um diese Kühnheit zu begreifen. Abermals drang man in Johanna, sie möge abschwören. Noch einmal erhob sich ihr Geist. „Alles" — rief sie aus — „was ich gethan habe, ist recht gethan, an Allem, was ich thue, thu' ich gut." Johann Massieu sagte: „Ach, Johanna, willst Du Dich denn selbst zum Tode bringen?" Die Worte dieses Mannes wirkten auf sie am meisten, denn ihn hatte sie immer redlich und menschlich befunden. Dennoch rief sie noch einmal aus: „Es soll Euch schwer werden, mich zu verlocken!"

Aber endlich, den gräßlichsten Tod vor Augen, von Freund und Feind auf gleiche Weise und zu gleichem Zweck bestürmt, erlag sie. „Ich will" — sagte sie erschöpft — „lieber das Blatt unterzeichnen, als lebendig verbrannt werden!" Massieu drängte ihr schnell eine Feder auf und sagte ihr die kurze Abschwörungsformel vor, die sie nachsprach, worin sie gelobte, daß sie keine Mannskleider oder Waffen mehr tragen wolle. Dann setzte sie unter das Blatt ein Kreuz.

Bei den Akten legte man aber nicht das von ihr unterzeichnete Blatt nieder, sondern ein ganz anderes Papier, das sie überdies nicht gesehen hatte; dies war statt sechs bis acht Zeilen, drei volle Seiten lang und enthielt Alles, was in den zwölf Artikeln stand. Durch unverwerfliche Zeugen ist, wie das Uebrige, auch diese letzte Schändlichkeit erwiesen. Nun wurde das zweite Urtheil publizirt, welches sie zu lebenslänglicher Einkerkerung verdammte. Sie machte jetzt mit Recht Anspruch auf geistliche Haft.

Aber Peter Couchon sprach: „Führt sie hin, wo ihr sie hergeführt habt!" Dessenungeachtet hätten englische Soldaten gern an dem Bischof selbst eine Exekution vollzogen, weil er an Johanna keine vollziehen ließ. Sie bedrohten ihn mit ihren Schwertern. Lange durfte er seine geheiligte Person einer solchen Gefahr nicht aussetzen. Man mußte eilen, die Jungfrau zur Uebertretung ihrer Versprechungen durch indirekte Mittel zu zwingen, damit man vom Rückfall in den vorigen Sündenstand sprechen und sie endlich dem Mann des Blutes übergeben könne. Darum wurden ihr nach wie vor die rohesten, abscheulichsten Wächter in ihrem Zimmer beigesellt, trotz dem, daß sie jetzt Frauenkleider trug. Aber sie duldete still und wehrte sich gegen die nichtswürdigen Angriffe, die man auf sie machte. So durfte es nicht fortgehen.

Als sie daher eines Morgens aufstehen wollte, nahm einer der Engländer ihr die Frauengewande weg und warf ihr die abgelegte männliche Tracht dafür wieder hin. Bis Mittag blieb sie, weil sie sich nicht entschließen konnte, wider ihr Wort zu handeln, im Bett liegen. Zuletzt mußte sie es verlassen, und, wollte sie nicht nackt erscheinen, ihre alte Kleidung wieder anziehen. Augenblicklich ward es dem Bischof hinterbracht. Triumph! Nun hatte man ein Faktum, um dessen Motive man sich ja nicht zu bekümmern brauchte; nun galt es nur noch den Beweis durch Augenschein, und sie war verloren!

Am Sonntag war es geschehen, am Montag erschien Peter Couchon mit acht Assessoren im Gefängniß. Sie fanden Johanna verweint und verstört. Auf die Frage, weßhalb sie wieder Mannskleider angelegt habe, antwortete sie nur ausweichend und entschuldigend; sie mochte sich scheuen, ihre Wächter zu verklagen, da diese sich gleich nachher an ihr rächen konnten.

Dann beschwerte sie sich bitterlich, daß man ihr das Versprochene nicht halte, man versage ihr fortwährend die heiligen Sakramente, man belaste sie nach wie vor mit Ketten und Banden; wenn sie der Kirche wirklich, wie es ihr doch verheißen sei, überliefert werde, wolle sie Alles thun, was die Kirche von ihr fordere.

Der Bischof ging hierauf nicht ein, aber listig fragte er, ob ihr die Heiligen auch wieder erschienen seien. „Freilich" — erwiederte sie, ohne sich zu bedenken, — „und Gott ließ mich durch sie wissen, daß ich an der Abschwörung sehr übel gethan habe. Daß ich so sündigen würde, hatten sie mir vorher schon verkündigt. Aber Alles geschah nur aus Furcht vor dem Feuer. Es war nie meine Meinung, die Erscheinungen zu widerrufen, als ob es nicht die heilige Katharina und die heilige Margaretha gewesen wäre. That ich es dennoch, so geschah es gegen die Wahrheit. Jetzt aber will ich lieber meine Buße auf einmal durch den Tod erleiden, als noch länger die Qualen des Gefängnisses dulden. Nie habe ich Etwas wider Gott oder den Glauben begangen."

Nun hatte sie genug gesagt. Schnell wurde das Verhör abgebrochen. Beim Hinausgehen lachte der Bischof und rief dem Grafen Warwik zu: „Fahr wohl! fahr wohl!" Schnell wurde ein Tribunal wieder zusammen berufen.

Viele der vorigen Gerichtsbeisitzer hatten das unheimliche Rouen, wo sich, wie sie ahnten und wußten, das Furchtbarste vorbereitete, verlassen; an ihre Stelle wurden neue, mit den früheren Verhandlungen völlig Unbekannte herbei gezogen. Zweiundvierzig waren versammelt, als es zum Endurtheil kam. Dies lautete so: Die Jungfrau Johanna sei als rückfällig zu erklären und als irrgläubig dem weltlichen Arm zu überliefern; es sei jedoch gut, daß man ihr das Blatt, das ihre Abschwörung enthalte, nach einmal vorlese und ihr die Lehre der Kirche auseinander setze. Der Spruch war, da die Meisten die zwölf Artikel für echt und die Abschwörung für eine in der That geleistete hielten, nicht unmotivirt, auch hätte die Vorlesung den mit Verwechselung der Abschwörungsformulare gespielten abscheulichen Betrug jedenfalls an den Tag bringen müssen, wenn sie wirklich stattgefunden hätte. Aber Peter Couchon sorgte dafür, daß sie unterblieb.

Mittwoch, am 30. Mai 1431 sandte der Bischof ganz in der Frühe den Bruder l'Advenü zu ihr, um ihr den nahen Tod zu verkünden. Ein größeres Entsetzen, wie in den Flammen selbst, erfaßte sie bei dem Gedanken an ein so grauenvolles Ende. „Wehe" — rief sie aus — „lieber möchte ich mich sieben Mal enthaupten, als einmal verbrennen lassen!"

Aber bald fand ihre Seele den Schwerpunkt wieder, sie beichtete demüthig und bat um Absolution und Abendmahl. Ihr diese zu ertheilen, hatte der Bruder keine Vollmacht, er ließ daher bei dem Bischof anfragen und erhielt unerwarteterweise eine bejahende Antwort. Seltsam genug! Es hieß die Sakramente entweihen, wenn man sie einer Exkommunizirten nicht vorenthielt; es hieß die Exkommunikation aufheben, wenn man sie ihr gewährte.

Unter vielen heißen Thränen genoß sie, was sie so lange mit großem Schmerz entbehrt hatte, den Leib des

107

Herrn, und ward durch das sichtbare Zeichen seiner unsichtbaren Gegenwart versichert. Hierauf trat der Bischof mit seinem Gefolge herein. „Bischof" — rief sie ihm entgegen — „ich sterbe durch Euch!" „Ihr sterbt" — versetzte er — „weil Ihr nicht hieltet, was Ihr verspracht!" Aber sie erwiederte: „Hättet Ihr mich in die geistliche Haft geschickt und mir ehrbare Wächter zugeordnet, nimmer wäre dies Alles geschehen, und deshalb berufe ich mich von Euch auf Gott." Ihre Worte machten auf Alle, den Bischof ausgenommen, einen überwältigenden Eindruck.

Nun gab man ihr Frauenkleider, die sie anlegte; dann, um 9 Uhr, bestieg sie einen vierspännigen Wagen und fuhr, langsam, wie es sich wohl geziemt, wenn der Holzstoß das Ziel ist, ab. Mehr als achthundert Soldaten bis an die Zähne bewaffnet, umringten den Wagen.

Zwischen Alle hindurch drängte sich Johanna's Judas, Nikolaus l'Oideleur, der Dieb ihres Vertrauens, der Spion ihrer Feinde, und bat sie mit der Angst der Verzweiflung um Verzeihung. Sie gewährte seine Bitte, die Engländer hätten ihm, ergrimmt über seine Abtrünnigkeit, bald, indem sie ihn niedermachen wollten, den verdienten Lohn gegeben. Der Graf Warwick rettete ihn und er verließ augenblicklich die Stadt. Auf dem alten Markt hielt der Wagen still. Drei Gerüste waren erbaut, das eine für die Richter und die Angeklagte, das Zweite für vornehme Zuschauer, das Dritte, aus zusammengeschaufelten Kieseln und Mauersteinen bestehend, für den Scheiterhaufen.

Mit einer Ermahnung an die Gerichtete von dem Dr. Nikolaus Midy gehalten, ward der furchtbare Akt eröffnet. Am Schlusse sagte der Redner: „Geh' hin in Frieden, Johanna, die Kirche kann Dich nicht länger vertheidigen und übergibt Dich dem weltlichen Gericht!"

Nun trat der Bischof auf sie zu, durch Reue und Buße für ihr Seelenheil zu sorgen.

Aber schon lag sie im theils stummen, theils lauten Gebete auf den Knieen, flehte zu Gott um Gnade, zu allen Heiligen um Beistand, zu den Zuschauern um Vergebung, falls sie irgend Jemanden beleidigt haben sollte. Noch einmal erklärte sie laut und feierlich, sie sei zu keiner ihrer Handlungen, möchten dieselben nun recht oder unrecht sein, durch ihren König veranlaßt worden. Oft auch rief sie den Erzengel Michael und die heilige Katharina bei Namen und zeigte so, daß sie selbst in der Todesstunde keinen Zweifel über die Wahrheit und Wesenheit ihrer Erscheinungen empfinde.

Die Beisitzer des Gerichtes und viele anwesende Engländer wie Franzosen brachen in Thränen aus.

Wer schaudernd umher stand, freute sich, daß er nicht mit zu den Richtern gehörte.

Selbst der Kardinal von Winchester soll geweint haben.

Hierauf las der Bischof das Exkommunikationsurtheil ab. Und als sie nun von Seiten der Kirche verlassen war, da verlangte sie voll großer Andacht nach einem Kreuz. Und ein nahe stehender Engländer, der dies vernahm, verfertigte ein kleines Kreuz von Holz am Ende eines Stabes, welches er ihr darreichte. Sie empfing es andächtig, küßte es und richtete wehmüthige Klagen und Bekenntnisse an Gott, unseren Erlöser, dessen Kreuz, woran er für unsere Seligkeit gelitten hat, sie vor sich sah. Dann barg sie dies Zeichen dicht am Busen unter ihrem Gewande.

109

Sie wurde, ohne daß das weltliche Gericht eine schließliche Untersuchung anstellte, oder auch nur überhaupt noch ein Urtheil sprach, zum Scheiterhaufen geführt und die sogenannte Teufelsmütze, mit den Worten: „Ketzerin, Abtrünnige, Götzendienerin, Rückfällige" beschrieben, ward ihr aufgesetzt. Dann bestieg sie in voller

Fassung, von dem Bruder l'Advenü geleitet, den Holzstoß, den der Henker sogleich anzündete.

Das Feuer loderte schnell auf, aber der Bruder verharrte noch immer an ihrer Seite. Sie jedoch, klar und besonnen bis auf den letzten Augenblick, erinnerte ihn, auf sich selbst Acht zu haben und sie jetzt zu verlassen; dabei bat sie ihn, sich ihr mit dem Kreuz recht hoch gegenüber zu stellen.

Der Bischof trat näher hinzu; als sie ihn bemerkte, rief sie noch einmal aus: „Ich sterbe durch Euch!"

Die meisten Beisitzer des Gerichtes hatten sich bereits entfernt.

Nun wirbelten die Flammen um ihr schönes, rührendes Bild empor. Man hörte noch von ihr den Namen Jesus, den sie oftmals laut und klar wiederholte; von den umstehenden Bürgern verhaltenes Murren über den Greuel, womit man die Stadt zu beflecken und den Zorn des Himmels auf sie herab zu ziehen wage; von einigen hohen Geistlichen Aeußerungen des tiefsten Schmerzes; von brutalen Engländern rohes, häßlich schallendes Lachen.

Bald war Johanna Asche, nur Herz und Eingeweide widerstanden dem Feuer und wurden auf Winchesters Befehl in den Fluß versenkt.

Einer ihrer erbittertsten Feinde wollte gesehen haben, daß in dem Augenblick, wo sie den Geist aushauchte eine weiße Taube aus der Flamme gegen Himmel stieg.

Den Nachrichter packte gleich nach der Exekution ein solches Entsetzen, daß er von Gott wegen der Voll=

streckung des Urtheils nimmer Verzeihung erlangen zu können glaubte.

Die Jungfrau Johanna hatte für den König Karl Alles gethan; er that Nichts für sie. Wäre er bei Zeiten ernstlich eingeschritten, hätte er für sie an Papst und Konzilium appellirt, hätte er ein Lösegeld für sie geboten, hätte er, der manchen vornehmen Engländer in Gefangenschaft hielt, mit Repressalien gedroht — er würde sie gerettet, er würde gewiß den entsetzlichen Ausgang des Prozesses abgewendet, er würde zum allerwenigsten seine Ehre und seinen Namen unbefleckt erhalten haben! Er unterließ Alles, und die Geschichte muß ihm Ehre und Namen absprechen. Daß er, nachdem er Rouen wieder in seine Gewalt bekommen hatte, den Prozeß revidiren ließ, kann diesen harten Ausspruch nicht mildern; es gibt Sünden, die, weil sie nicht Verirrungen, sondern geistige Abdrücke des ganzen Menschen sind, niemals wieder gut gemacht werden können.

Die Revision, im Jahre 1455 angestellt, und mit der größten Gewissenhaftigkeit geführt, erklärte den Verdammungsprozeß für null und nichtig, die Jungfrau wurde in alle ihre Ehren wieder eingesetzt und zu ihrem ewigen Andenken an der Stelle des Scheiterhaufens ein Kreuz errichtet.

Von ihren falschen Richtern wird erzählt, daß sie fast Alle eines plötzlichen Todes verstorben seien.

Die Jungfrau von Orleans ist das geheimnißvollste Objekt der Geschichte.

Kein Wunder, daß sie zu allen Zeiten aus den verschiedensten Gesichtspunkten betrachtet worden ist.

Das dankbare Orleans stellte am 8. Mai 1855, am 426. Jahrestage der Aufhebung der Belagerung von Orleans, zu ihrem Gedächtnisse ihre herrliche Reiterstatue daselbst mit großer Feierlichkeit auf.

Ein später Dank für namenlose Qual. — Johanna hat, wie so Viele, ihre Unsterblichkeit mit ihrem Leben bezahlt.